風と琴

高草洋子＝画・文

地《ち》湧《ゆう》社

はじめに

本との出会いと人との出会いで、人は大きく変化するものだと思っています。

そして、この二つの出会いはとてもよく似《に》ています。

実際《じっさい》、私《わたし》自身もそんな経験《けいけん》を幾度《いくど》もしてきました。

人は誰《だれ》でもオギャーと生まれてからこのかた、良くなりたいと思いつづけて生きはじめます。

ところが、偶然《ぐうぜん》と言えるようなひょんな出会いの連続の中で、毎日なにかしらの影響《えいきょう》を受けながら人生という道を歩いてしまいます。

楽しくって思わず笑ってしまうようなうれしい出来事もあるでしょう。

なんでこんなひどいことにと嘆《なげ》き悲しみ、うらみつらみを抱《いだ》く出来事もあることでしょう。

自分の人生は自分が描《えが》くものだと思っている人も多いのでしょうが、実際《じっさい》は、毎日起きる出来事の中で振《ふ》り回されているだけなのです。

そんな偶然《ぐうぜん》と思えるいくつもの出来事を振《ふ》り返ってみると、逃《に》げずに乗り越《こ》えた時は、必ず私たちの人生をより良くしてくれています。「奇跡《きせき》」が起きるのです。

奇跡《きせき》が起きる条件《じょうけん》があります。それは、

「いたわりの心」

「思いやりの心」

「やさしい心」

この三つの心でどんな時にでも、人に接《せっ》することができたときのみ起こるのです。

『風と琴《こと》』の中には、そんな三つの思いが文章の中でビュンビュンと飛び交《か》っています。

この物語を通して、みなさんに感じ取っていただきたいことは、人を信じる力がどれだけプラスの力を生み出すかということ。人を本当に信じると、人生の中で奇跡《きせき》という風は必ず吹《ふ》くんだということを教えてくれるんです。

さあ、あなたも遠慮《えんりょ》することはありません。この風にぜひとも乗っていただいて、さっそうと楽しい人生の道を歩きはじめてください。

『風と琴《こと》』必読です。

あ、それと野良猫《のらねこ》ちゃんの動きにも注目ですよ。

これも「奇跡《きせき》」のひとつです。

書店「読書のすすめ」店長・清水克衛《かつよし》

風と琴

1

上方《かみがた》の、華《はな》やかに賑《にぎ》わう商人の町に、ひときわ贅《ぜい》をつくした行列が行くのを人々は人垣《ひとがき》を作って見とれていた。

「見てみいな！　さすが上方《かみがた》一と言われる大和屋《やまとや》の行列やなあ！　豪儀《ごうぎ》なもんやて。たかが子どもが生まれたからゆうて、お公家《くげ》さんまで呼《よ》んで、豪勢《ごうせい》な花見の宴《うたげ》を開いてお披露目《ひろめ》した帰りやそうやないか。」

「いくら江戸《えど》にまで名がとどろく豪商《ごうしょう》やゆうても、そこまでするなんてなあ…。」

「そらあんさん。どんなことでも商売につなげようって腹《はら》ちがいまっか？　それに大和屋《やまとや》の女房《にょうぼう》の志津《しづ》っていうんが、たいそうな別嬪《べっぴん》やそうやけど、見栄《みえ》っ張《ぱ》りで小賢《こがしこ》いのを鼻にかけた嫌味《いやみ》なおなごらしいで。今度のことかてその女房《にょうぼう》がねだったいう噂《うわさ》やないか。もっとも、生まれた子いうのが、天女《てんにょ》の生まれ変わりかと思うほどかわいらしいそうやから、嫌味《いやみ》な鼻がなおさら高《たこ》うなっているんやろな。」

「ま、世の中不公平やな。地位も金もおなごも、そのうえ子どもまで粒《つぶ》ぞろいとはなあ。わしらとはえらい違いや。」

そんな嫉妬《しっと》まじりの人々の会話の中から、ぞっとするような声が聞こえた。

『そうかな、これからはそうもいくまいよ。ふふふ…。』

話していた男たちが気味悪げに振《ふ》り返ると、そこにはヒヤッとした気配があるだけだった。

「な、なんやったんや？　今のは？」

「確《たし》かに声が聞こえたやろ。もしかして、疫病神《やくびょうがみ》でもいたんやないやろか？　あの行列の後にでもついて行ったんやろか？」

「まさか！　でも、そうやったら面白《おもしろ》いけどなあ。」

こんな小さな悪意を込《こ》めた人々の言葉が、行列に影《かげ》を落としているようだった。

その影《かげ》が現実《げんじつ》になろうとは…。

その夜、旅の疲《つか》れからか、生まれてまだ間もない紫乃《しの》は急に高い熱を出したのだった。何日も原因《げんいん》も治療法《ちりょうほう》もわからぬまま生死の境《さかい》をさまよい、熱が治まってはまたくり返し発熱する日々が一月も続いたのであった。

それがやっと病も癒《い》え、元の幸せな日々が大和屋《やまとや》に戻《もど》っていたかのように見えた。

しかし…。

2

やがて一年が過《す》ぎ、よちよち歩いて当たり前の時期をとうに過《す》ぎても、紫乃《しの》は、はいはいどころか立ち上がろうともしなかった。

そのうえ体も弱く、仁左衛門夫婦《にざえもんふうふ》の不安はだんだん大きくなるばかりだった。八方手をつくして名医という名医にも診《み》てもらい、霊験《れいげん》あらたかと言われる神社や寺でかたっぱしから祈祷《きとう》もしたが、なんの甲斐《かい》もなかった。仁左衛門夫婦《にざえもんふうふ》は紫乃《しの》が大きくなるほどに、愛らしさが増すほどに、不憫《ふびん》で不憫《ふびん》でならなかった。

やがて同じ年ごろの子がワーワーと走りまわるようになっても、紫乃《しの》は座《すわ》っているだけでやっとのありさまだった。そんなある日のこと、母親の志津《しづ》が用を済《す》まして屋敷《やしき》に入ろうとしたとき、近所の子どもたちが「やーまとやの、ひーとりむすめはきりょうよし、べべはかーらぎーぬごちそうたーべて……」と童歌《わらべうた》を歌いながら、紫乃《しの》の体のことを意地悪くはやしたてているのを耳にした。

志津《しづ》の顔色がさっと変わった。めったなことで、はしたない大声など出したことがなかった志津《しづ》が、使用人たちを激《はげ》しい口調で叱《しか》りつけた。

「何してますのや、店の前であないな歌唄《うた》わせて！　はよう追い払《はら》ろうてきなはれ！」

こんな出来事があって以来、志津《しづ》は人が変わったようになってしまった。もともと見栄《みえ》っ張《ぱ》りな気位ばかり高い女だったとはいえ、紫乃《しの》に対してはただもうかわいい、かわいいで、やさしい、良い親だった。

紫乃《しの》という娘《むすめ》は歩けないというほかは、幼《おさな》いとはいえ気品と美しさは目を見張《みは》るような子だった。それはかりか利発で気立ての良い、本当に天女《てんにょ》のような娘《むすめ》だったのだ。それを、あんな童歌《わらべうた》を聞かされて、虚栄心《きょえいしん》の強い志津《しづ》にしてみればよほど悔《くや》しかったにちがいない。

そのころから志津《しづ》は、金に任《まか》せて何から何まで当代随一《とうだいずいいち》といわれる師匠《ししょう》をつけて、紫乃《しの》の教育に夢中《むちゅう》になった。そのうえ、なにかにつけて紫乃《しの》の気持ちなど考えもせずに、紫乃《しの》のため、紫乃《しの》のためと次から次にああしろ、こうしろと、はたで見ていても頭が痛《いた》くなるような子育てぶりであった。

仁左衛門《にざえもん》がときたま見かねて口を挟《はさ》もうものなら、

「私《わたし》はこの子のためを思ってしてておりますのや。紫乃《しの》はあないな下品な者たちに、つまらんこと言われるような子やあらしまへん。この子がどないにすばらしいか、今に世間の者を見返してやりますのや。」

「くだらん者たちが何を言おうが紫乃《しの》は紫乃《しの》じゃ。もう、ええかげんにせえ！」

と、しまいには夫婦《ふうふ》で言い争いになるのが常《つね》であった。

こんな両親を見て、ものごころがついてきた紫乃《しの》は両親が自分のことで争ったり、暗い顔になるのが辛《つら》かった。母親のすることを自分が嫌《いや》がれば、そのことでまた夫婦喧嘩《ふうふげんか》になる。幼心《おさなごころ》に自分さえ我慢《がまん》すればとなんでも母親の言うとおりにしていた。しかし、うまくしたもので母親が次々押《お》しつけてくるものの中に、紫乃《しの》が心から喜んでするものが一つだけあった。それは琴《こと》だった。

この紫乃《しの》の琴《こと》というのが、師匠《ししょう》の検校《けんぎょう》でさえ舌《した》を巻《ま》くほどの上達ぶりで、奥《おく》から聞こえてくる紫乃《しの》の琴《こと》の音に、どれだけ店の者たちが心安らいだかしれない。

3

そうしているうちにも紫乃《しの》はどんどん大きくなって、もう乳母《うば》が抱《だ》きかかえてあっちこっち動くわけにはいかなくなってきた。そんなある日、仁左衛門《にざえもん》が江戸《えど》で大きな商《あきな》いの話をまとめて久《ひさ》しぶりに屋敷《やしき》に戻《もど》ったときのこと、仁左衛門《にざえもん》はお勢《せい》というがっしりとした大女の漁師《りょうし》の後家《ごけ》と、宗太郎《そうたろう》という見るからに賢《かしこ》そうな、やはり漁師《りょうし》の息子《むすこ》だという小僧《こぞう》を連れて帰ってきた。

お勢《せい》はまだ三十になるかならぬかの、しけで亭主《ていしゅ》を亡《な》くした若後家《わかごけ》で、少々がさつではあったが、人柄《ひとがら》の良さとその男勝《おとこまさ》りの体力は、紫乃《しの》の世話係にはうってつけだった。

また、宗太郎《そうたろう》は仁左衛門《にざえもん》が浜《はま》で一休みしているとき、まだ小僧《こぞ》っ子だというのに実にてきぱき漁師《りょうし》たちの手伝《てつだ》いをしていたのを見初《みそ》めて、良い商人になるだろうと連れて帰ったなかなかにきりっとした小僧《こぞう》だった。

仁左衛門《にざえもん》はこの宗太郎《そうたろう》が気に入って、どこへ行くのもいっしょに連れて歩いて商売を一から教えこんだ。志津《しづ》が紫乃《しの》のこととなると仁左衛門《にざえもん》の言うことなど何一つ聞こうとせずに腹立《はらだ》たしく思っているようなときでも、この宗太郎《そうたろう》に商《あきな》いを教えているとなぜか気持ちがすっとした。宗《そう》太郎《たろう》には、仁左衛門《にざえもん》の言うことを砂《すな》が水を吸《す》うように聞く素直《すなお》さと、海で育った底抜《そこぬ》けの明るさと、天性《てんせい》の人をホッとさせるようなやさしさがあった。

また、お勢《せい》はというと持ち前のうでっぷしで、紫乃《しの》をヒョイと抱《だ》き上げては広い庭や屋敷《やしき》の隅々《すみずみ》まで紫乃《しの》の足がわりになって歩いてくれた。そして海に潜《もぐ》って水の中から見る日の美しさやら、山の畑から見る海の夕日が黄金色《こがねいろ》に海を染《そ》めて極楽《ごくらく》でも見ているようだといった、紫乃《しの》が目を輝《かがや》かせて聞く話を山のようにしてくれ、紫乃《しの》もそんなお勢《せい》を一時も離《はな》さないようになった。口やかましい志津《しづ》に叱《しか》られても「すんまへん。」とすぐに謝《あやま》るが、ケロッとしてまた同じ失敗をしてはこっそり舌《した》を出し、紫乃《しの》をおかしがらせたものだった。

この二人《ふたり》が来てからというもの、屋敷《やしき》全体が明るくなった。仁左衛門《にざえもん》はときには宗太郎《そうたろう》を奥《おく》の間《ま》にまで上げて、紫乃《しの》やお勢《せい》と共に旅の話に興《きょう》じたり、お勢《せい》のがさつな立ち居振《いふ》る舞《ま》いに笑い転げたりして時を過《す》ごした。

そんな四人を、廊下《ろうか》の柱の影《かげ》で志津《しづ》はにらみつけるように見ているのだった。

「まったく、だんな様はいったい何を考えておいでなんやろう。あんなわけのわからん品のない者たちを紫乃《しの》のそばに上げて…。」

母親としてすべてをなげうっているにもかかわらず、夫からも疎《うと》まれはじめ、愛情《あいじょう》を注ぎつづけている紫乃《しの》さえも、お勢《せい》や宗太郎《そうたろう》に見せるような底抜《そこぬ》けの笑顔《えがお》を見せてはくれなくなっていることで、少しずつゆがんできている志津《しづ》の心だった。

『ふふふ、そうだ、そうだ！　そうして嫉妬《しっと》やら恨《うら》みやら、腹《はら》の中にいっぱいため込《こ》むがいい。ふふふ…。楽しみ、楽しみ…。』

志津《しづ》がなにやら背筋《せすじ》がぞっとして振《ふ》り向いてみたが、庭の闇《やみ》がいつになく気味悪く思われただけで、志津《しづ》の気持ちをいっそうひねくれた暗いものにするだけだった。

4

やがて紫乃《しの》も十六歳《さい》、まばゆいばかりの娘盛《むすめざか》りになってきた。相変わらず体は弱く、お勢《せい》の助けなしに一日も過《す》ごせないような毎日とはいえ、紫乃《しの》が好きでたまらない琴《こと》の腕前《うでまえ》は、いつの間にか上方《かみがた》でも評判《ひょうばん》になるほどになっていた。

紫乃《しの》が屋敷《やしき》の内で琴《こと》を弾《ひ》きはじめると、屋敷《やしき》の外にこぼれ出る琴《こと》の音を聞こうと人だかりができるほどになっていた。これには仁左衛門《にざえもん》も志津《しづ》も目を細め、特に志津《しづ》などは自分が一生懸命《いっしょうけんめい》教育したお陰《かげ》でやっと評判《ひょうばん》の娘《むすめ》になったと、世間を見返してやったようで鼻が高かった。

しかし、歩けないでろくに外に出たこともない紫乃《しの》の琴《こと》の音がこれほどになるには、小さいころから良い師《し》につけたこともあったが、紫乃《しの》の人並《ひとな》みはずれた素質《そしつ》と、そのほかにもう一つ訳《わけ》があった。

紫乃《しの》もたまには遊山《ゆさん》で海や山に連れていってもらうことがあるにはあったが、さほど遠出ができるわけではなし、外の世界を垣間見《かいまみ》るだけの遊山《ゆさん》では、ますます自由に翔《か》ける光や風や鳥や、自由に動きまわれる人々への憧《あこが》れが強くなるだけだった。

それを満たしてくれたのが、お勢《せい》がしてくれる海や山の話や、特に

そのころ若《わか》いながらも仁《に》左《ざ》衛《え》門《もん》の右腕《みぎうで》となって商《あきな》いでさまざまな国を歩きまわっていた、同じ年ごろの宗太郎《そうたろう》がしてくれる、生き生きとした驚《おどろ》きや感激《かんげき》に満ちた土産話《みやげばなし》だった。

紫乃《しの》は憧《あこが》れの思いの丈《たけ》を、この二人《ふたり》の、特に宗太郎《そうたろう》の話から琴《こと》の音に託《たく》していたのだった。話を聞きながら、風になったり鳥になったり、いつの間にかソヨと吹《ふ》く風の音を聞くだけで、風が見てきた世の中のさまざまなものを感じ取るようにさえなっていた。それが人の心を揺《ゆ》さぶる琴《こと》の音になっていたのであろう。

しかし、母親の志津《しづ》にはそれがわからなかった。ただ、娘《むすめ》の名声が高まるにつけ、このすばらしい娘《むすめ》を自分の力で世間がアッと言うほどの幸せにしてやりたいという思いが募《つの》るばかりで、それが己《おのれ》の虚栄《きょえい》から発していることに気づこうはずもなかった。

そして、志津《しづ》は年ごろの紫乃《しの》に三国一の婿《むこ》を自分が探《さが》し出してさえやれば、もう世間からとやかく言われることもなく、紫乃《しの》が赤子のときのような和《なご》やかで幸せな日々が戻《もど》ってくると考えはじめていた。それにはどうすれば良いかと思案に明け暮《く》れていた。

ある日のこと、商用で仁左衛門《にざえもん》と初めての長旅に出ていた宗太郎《そうたろう》が帰ってきた。

紫乃《しの》は表で使用人たちが出迎《でむか》えているざわめきを聞きながら、いつになく父と宗太郎《そうたろう》が早く自分のところへ来てくれないかとソワソワ、ワクワクしていた。

今度は宗太郎《そうたろう》からどんな話が聞けるのだろう？　こんなに長旅だったのだもの、きっとすばらしい土産話《みやげばなし》があるにちがいない。

父と宗太郎《そうたろう》が紫乃《しの》の部屋《へや》に入ってくると、いつもであったら静かに「おかえりなさいませ。」と挨拶《あいさつ》をしていた紫乃《しの》は、嬉《うれ》しさに思わず二人《ふたり》のところへ這《は》い寄《よ》って弾《はず》んだ声で、

「おかえりなさいませ。お父様《とうさま》、ずいぶんの長旅でございましたなあ。宗太郎《そうたろう》。初めて北の国へ行ってどうやった？　珍《めずら》しいものたくさん見てきたのやろ。今度はどないな話聞かせてくれますのや？　今日《きょう》帰るか、今日《きょう》帰るかと待ってましたのやで。」

「おやおや、紫乃《しの》は私《わたし》より、宗太郎《そうたろう》を待ち焦《こ》がれていたんか？　がっかりやなあ。私《わたし》は紫乃《しの》の顔見たさにまだ着かないか、まだ着かないかと船をせかせて帰ったというのに。」

と仁左衛門《にざえもん》はおどけながらすねるような仕草をした。

「いやあ、お父様《とうさま》、そないなことありません。お父様《とうさま》のことかてずっとずっと、首を長《なご》うして待っていたに決まってるやありませんか。そない意地悪、言わんといとくれやす。」

「ははは、とにかく元気そうでなによりや。宗太郎《そうたろう》も今度の旅ではどこへ行っても、もの珍《めずら》しそうに目をまん丸《まる》にしとったで。船の中でも、おまえに話したいことが山ほどあるとみえて、私《わたし》にまであんなんがすごかったの、こんなんが面白《おもしろ》かったのと、うるさいぐらいやったわ。なあ、宗太郎《そうたろう》。」

「だ、だんな様。」と、宗太郎《そうたろう》は顔を赤らめた。

「ほほほー。若《わか》いもんはええなあ。私《わたし》はすぐにせなならん仕事があるさかい、おまえ、紫乃《しの》に見聞きしたもの、みんな話したり。紫乃《しの》の顔に早く話してと書いてある。

さ、年寄《としよ》りは退散《たいさん》するとするか。お勢《せい》、今、荷を解《と》いているさかい、二人《ふたり》に土産《みやげ》の珍《めずら》しい菓子《かし》でも持ってきてやんなはれ。」

と、仁左衛門《にざえもん》は部屋《へや》を出ていった。

紫乃《しの》から毎日、宗太郎《そうたろう》はまだか、まだかと聞かされていたお勢《せい》もまた、目を細めて二人《ふたり》を見ながら「すぐにお持ちしますよって、ちょっとお待ちを。」と、お勝手の方へ姿《すがた》を消した。

「宗太郎《そうたろう》、越後《えちご》やら奥州《おうしゅう》や蝦夷《えぞ》まで行ったんやてなあ、蝦夷《えぞ》には変わった人たちがいるんやてなあ、どやった？」

「へえ、そりゃあもう、見るもん聞くもん、初めてのもんばかりで、ほんまに目を丸《まる》うしっぱなしでしたわ。蝦夷《えぞ》の人たちは、それは大きな人たちが多て、おなごたちは嫁《とつ》ぐと口の周りに刺青《いれずみ》をしはるんですわ。初めて見たときはヒエッ！　てびっくりして声を出しそうでしたわ。」

「いやー、それ、どないなふう？」

「こないして、こないなって…。」

「ひやー！　そうなん！」

「それでまた、着物も変わってましてなあ、こんなんで、こんなんで…。けど、なんやらどっしりとしたものでしたわ。それに、蝦夷《えぞ》の人たちは野蛮人《やばんじん》やて聞いてましたけど、実際会《じっさいお》うてみると、思慮深《しりょぶか》い、今までにあないな人たちに会ったことがないほど、なんや重々しい感じのする人たちでしたわ。周りにあるものみんなに魂《たましい》が宿ってると、考えてる人たちやとだんな様が言わはったとおりですわ。」

「ふうん、そうなんか？　私《わたし》も会《お》うてみたかったなあ、ええなあ、宗太《そうた》郎《ろう》は…。」

「けど、怖《こわ》いこともありましたんやで。いやー、ほんまに寿命《じゅみょう》が縮《ちぢ》む思いでしたわ。」

「な、なに？　聞かしてえな。」

「それが…。蝦夷《えぞ》の村人に案内されて、深い森に入ったときのことですのや。そりゃあ、今まであんなきれいな森見たこともありませなんだ。ここらでは見たことがないほど緑の色が深《ふこ》うおましてなあ、なんやら不思議の国に迷《まよ》い込《こ》んだような、一息吸うだけで体中の血がサアーッときれいになるようで、なんとも気持ちのええとこでおました。

生えている木もここいら辺のものとはだいぶ違《ちご》うてましてな、長年風雪に耐《た》えて一本一本の木が力強い命を内に込《こ》めているというのか、そんな木々が風でサササと揺《ゆ》れますとな、まるで木どうしで話をしてるようなんですわ。ほんまに不思議なとこでおましたなあ！　あの森にいたらほんまに周りのもんみんなに魂《たましい》が宿ってるいう蝦夷《えぞ》の人たちのいうことがわかるような気がします。ほんまにええ気持ちでしたわ。」

「いやー、そんなええとこで、なに怖《こわ》い目したのや？」

「それですわ。急に村人がひそひそ声で静かに、じっと動くな、て言いますのや。なんや、すごい気配でしてなあ。風上のすぐ近くに大きな熊《くま》がおるて言いはりますのや。私《わたし》など、目を皿のようにして指差された方を見ましたんやけど、なんにも見えまへん。けど、その人が、熊《くま》の臭《にお》いがする言うて、あれは村人が権三《ごんぞう》と呼《よ》んで恐《おそ》れとる、ここいらで一番大きくて獰猛《どうもう》な熊《くま》の臭《にお》いや、見つかったら命の保障《ほしょう》はないとまで言いはりますねん。」

「ひやー、こわ！　けど、臭《にお》いだけで熊《くま》の名前までわかるなんて、すごいなあ。それでどないしたん？」

「そしたら、ウォーッと！」

「ひやあーっ！」

「というのは嘘《うそ》で…。」

「もう！　宗太郎《そうたろう》のあほ！」

「いやー、すんまへん。しばらく息を凝《こ》らしてじっとしとったら、やっともう大丈夫《だいじょうぶ》やということになって…。『ほら、あそこに見えるのがさっきの熊《くま》だ』と村人が指差しますんで、背伸《せの》びして谷の方を見て、改めてぞっとしました。そらもう、山のように大きな熊《くま》やったんです。」

「いやぁ！　聞いてるだけで冷《ひ》や汗《あせ》が出てしもたわ。」

などなど、宗太郎《そうたろう》の話は尽《つ》きるところを知らず、驚《おどろ》いたり、笑い転げたり…。

そのとき、志津《しづ》が旅帰りのあれやこれやの指図を終えて紫乃《しの》の部屋《へや》の方へ来ると、中からコロコロと楽しげな笑い声が聞こえているではないか。そっとのぞいてみると、紫乃《しの》が宗太郎《そうたろう》のおおげさな身ぶり手ぶりの土産話《みやげばなし》に笑い転げているのだった。それも、お勢《せい》の姿《すがた》もなく二人《ふたり》きりで…。志津《しづ》はハッとした。

なんとうかつだったかと志津《しづ》は唇《くちびる》をかんだ。もともとお勢《せい》や宗太郎《そうたろう》のような氏素性《うじすじょう》のしれない者を、紫乃《しの》のそばに上げることは初めから面白《おもしろ》く思ってはいなかったものの、男勝《おとこまさ》りの力持ちのお勢《せい》が足がわりになって紫乃《しの》を喜ばせてくれたり、ろくに出歩けなくて同じ年ごろの遊び仲間もいなかった紫乃《しの》が宗太郎《そうたろう》の話を楽しそうに聞いているのを見れば、目をつぶるしかないとあきらめていた。しかし、それも子どものことと思っていたからで、今見た二人《ふたり》はもう子どもではない。

志津《しづ》は小走りに紫乃《しの》の部屋《へや》に入るといきなり、

「お勢《せい》はどこへ行きましたのや、宗太郎《そうたろう》！　おまえ、ここで何をしてますのや！　だんな様に目をかけられてるのをええことに、使用人のぶんざいで思い上がっとるんとちがうんか！」

と、いきなり宗太郎《そうたろう》を叱《しか》りつけたから、二人《ふたり》は訳《わけ》がわからないで唖然《あぜん》とした。

そしてその夜、志津《しづ》は仁左衛門《にざえもん》に、娘《むすめ》が年ごろになってきたのに、使用人の、それも年ごろの宗太郎《そうたろう》をいつまでも紫乃《しの》のそばに上げるのは考えものではないかと詰《つ》め寄《よ》った。

ところがそのことならちょうど良いと、一言一言言葉を選びながら仁《に》左衛門《ざえもん》が話しはじめたことに、志津《しづ》は天地がひっくり返るほど驚《おどろ》いて青ざめた。なんと仁《に》左衛門《ざえもん》はいずれ宗太郎《そうたろう》を婿《むこ》にしようかと思っているというのだ。それからが大変だった。この夫婦《ふうふ》が今までにしたことのない大喧嘩《おおげんか》になってしまったのだ。

5

次の日、夜になって仁《に》左衛門《ざえもん》が商人仲間の集まりに出かけたとき、志津《しづ》はこっそり宗太郎《そうたろう》を離《はな》れに呼《よ》びつけた。

そして、紫乃《しの》を本当に幸せにしてやるためには、世間から後ろ指一本指されないような、大和屋《やまとや》にふさわしい、立派《りっぱ》な婿《むこ》を迎《むか》えてやるのが一番良いのではないかと思っていることを話した。

「実は、今日《きょう》おまえに来てもろうたんは、そのことで困《こま》ったことが起きてな、相談に乗ってもらいたいことがあるからなんや。」

と言った後で、仁左衛門《にざえもん》が宗太郎《そうたろう》を婿《むこ》に迎《むか》えようとしているという話を打ち明けた。

「おまえ、どない思う？」

「め、めっそうもない、手前のようなもんに…。」

「そうやろう。おまえかてそう思うやろう？　もし、だんな様の言わはるように、おまえを婿《むこ》にしたらどないなると思います？　どないに器量がようて、琴《こと》の名手や言われても、紫乃《しの》はあの体や。大店《おおだな》の一人娘《ひとりむすめ》やゆうても、あないな体やさかい漁師《りょうし》あがりの使用人にしかもらい手がないと世間にはやされるのは目に見えてますのや。

だんな様はそこのところがどうもおわかりやない。私《わたし》はなんとしても紫乃《しの》にもう二度と惨《みじ》めな思いをさせとうはない。あのお方は一度言い出したことは何がなんでも通しはります。

宗太郎《そうたろう》、おまえはやさしいし賢《かしこ》い。そのうえ、だんな様がほれ込《こ》むくらい商才があるらしいな。けど世間はそないには見てくれまへんで。大店《おおだな》の足の利《き》かへん娘《むすめ》をたらしこんで婿《むこ》におさまったと言うやろし、第一、店に古くからおるもんが、氏素性《うじすじょう》のしれんおまえの下で、へえ、若《わか》だんな言うて働いてくれると思うか？

どう考えたかて、おまえがここの婿《むこ》におさまってええと思えることとなんぞなにもないやないか。それともおまえに下心があれば話は別やけどな…。」

「そ、そんな…。」

「宗太郎《そうたろう》。紫乃《しの》のために黙《だま》ってこれを持って、このまま姿《すがた》を消してほしいんや。私《わたし》の気持ちや。五十両入ってます。おまえが一生働いても持てる金やないやろ。これでどこか大和屋《やまとや》の目の届《とど》かんとこまで行って店でも出しなはれ。」

「どうか、それだけは堪忍《かんにん》しとくんなはれ！　手前にはなんの野心もおまへん。紫乃《しの》様に二度と近づくなと言われますのやったら、そのとおりにもします。けど、ご恩《おん》あるだんな様になにも言わんままでは…。」

「それができるんやったら、だんな様にないしょでこんなことするわけないやないか！」

志津《しづ》の追いつめるような厳《きび》しい口調に、宗太郎《そうたろう》は長いこと黙《だま》ったままだった。しかし、とうとう意を決するようにこう言うのだった。

「わかりました。紫乃《しの》様のお幸せのためやったら…。ただ、だんな様にはくれぐれも育てていただいたご恩《おん》は一生忘れません、とお伝えくださいませ。それから、こないな大金、育てていただけで、なんのお役にも立っておりませんのに、いただくわけにはいきません。」

宗太郎《そうたろう》は、これだけ言うのがやっとだった。

志津《しづ》は最後には恨《うら》み言《ごと》を言うとばかり思っていた宗太郎《そうたろう》が、真《ま》っ直《す》ぐ顔を上げて志津《しづ》を澄《す》んだ目で見つめ、悲しそうにただ一言「お世話になりました。」と言って去っていくのを、どこか胸《むね》の片隅《かたすみ》が痛《いた》むのを感じながら見送った。

その夜帰ってきた仁左衛門《にざえもん》に志津《しづ》は、宗太郎《そうたろう》に、婿《むこ》に迎《むか》えようという話をしたら自分の方から分不相応《ぶんふそうおう》だと出ていったと話をした。仁左衛《にざえ》門《もん》は、志津《しづ》が言い含《ふく》めて追い出したにちがいないと激怒《げきど》して志津《しづ》を責めた。

次の日、志津《しづ》からくどくどと言い訳《わけ》を聞かされ、さすがの紫乃《しの》もこのときばかりはうつむいて表情《ひょうじょう》を硬《かた》くしたまま、いつになくきつい口調でこう言った。

「そら、宗太郎《そうたろう》といると楽しうおました。けど、私《わたし》が宗太郎《そうたろう》とどうやこうやなど、考えたこともありません。けど…、あんまりですわ。宗太郎《そうたろう》がしてくれたいろんな話は私の一番の楽しみでおましたのに…。お母様《かあさま》は私《わたし》の一番の楽しみを奪《うば》ってしまはった。

それに宗太郎《そうたろう》になんの落ち度があったと言わはるんですか…？　お母様《かあさま》はさっきから宗太郎《そうたろう》が自分で出ていったと何度も言うてはりました

けど、宗太郎《そうたろう》がお父様《とうさま》に黙《だま》って出ていくなんて、あるはずないやありませんか。かわいそうな宗太郎《そうたろう》…。」

それは、紫乃《しの》が初めて面と向かって母に見せた反抗《はんこう》の姿《すがた》であった。

このことがあって以来、仁左衛門《にざえもん》はますます志津《しづ》を疎《うと》ましく思うようになって、家で志津《しづ》と差し向かいでくつろいだり、語り合うこともほとんどなくなってしまった。紫乃《しの》に対しては前にも増《ま》してやさしく暖《あたた》かい父親ではあったが、紫乃《しの》の部屋《へや》で志津《しづ》も加わっての話になると、そそくさと大黒帳を見るとか言っては席を立つことが多くなった。

一時は母の顔を見たくもないほどに思った紫乃《しの》ではあったが、紫乃《しの》の心を取り戻《もど》そうと躍起《やっき》になっている母の心もわからぬではなく、争いの絶えない仁左衛門《にざえもん》と志津《しづ》のあいだに入った紫乃《しの》は辛《つら》い思いをすることが多くなった。そして音もなく伸《の》びはじめた災《わざわ》いの芽《め》は、紫乃《しの》の周りを大きく動かしていくのだった。

6

このところ、志津《しづ》はなにかと理由をつけては京によく出かけるようになっていた。そんなあるとき、大和屋《やまとや》をひいきにしていた常盤《ときわ》の宮と呼《よ》ばれる宮様から、評判《ひょうばん》になっている紫乃《しの》の琴《こと》が聞きたいからとの使いがやって来た。宮様の屋敷《やしき》で牡丹《ぼたん》の宴《うたげ》を催《もよお》すから、そのとき連れてくるようにということだった。そのとき、やはり都で評判《ひょうばん》になっていた若《わか》い宮廷楽師《きゅうていがくし》で、当代一といわれる笛の名手も呼《よ》んでいるので、手合わせをさせて聞いてみたいとのことであった。

宗太郎《そうたろう》が出ていってからというもの、大和屋《やまとや》の屋敷《やしき》の空気はとげとげとして決して明るいものとは言えなかった。それが久々《ひさびさ》に明るい話題が出て、ギスギスしていた仁左衛門《にざえもん》夫婦《ふうふ》も、さすがにこのときは紫乃《しの》の晴れ舞台《ぶたい》だと衣装《いしょう》を新調するやら、献上《けんじょう》品《ひん》を吟味《ぎんみ》するやら、夫婦仲《ふうふなか》の悪いのも忘《わす》れて紫乃《しの》の支度《したく》に余念《よねん》がなかった。

ことに志津《しづ》のはしゃぎようは尋常《じんじょう》ではなかった。というのも、志津《しづ》がなにかと京に出かけていたのは、宮様のおそばに使えている以前か

ら顔見知りの女房《にょうぼう》に、紫乃《しの》の婿《むこ》として立派《りっぱ》な名家の若者《わかもの》を内々に選んではもらえぬかと根まわしをしていたからだった。

牡丹《ぼたん》の宴《うたげ》の当日、紫乃《しの》が女房《にょうぼう》たちに抱《かか》えられるように宮様の前に出て、琴《こと》を弾《ひ》きはじめると、公家《くげ》たちのあいだからホーという感嘆《かんたん》の吐息《といき》がもれた。紫乃《しの》の姿《すがた》は美しく、それほど紫乃《しの》の琴《こと》の音は澄《す》みきっていたのだった。笛の名手とうたわれる笙九郎《しょうくろう》という若者《わかもの》も、初めは体の不自由な娘《むすめ》を冷やかして恥《はじ》をかかせてやるのも一興《いっきょう》と思っていたのだが、紫乃《しの》の姿《すがた》とその琴《こと》を聞いたとたん紫乃《しの》の虜《とりこ》になって、今までにないほどみごとな笛を披露《ひろう》した。そんな二人《ふたり》の合奏《がっそう》となれば、居並《いなら》ぶ公家《くげ》たちの喜びようもたとえようもなかった。

宮様もたいそう喜ばれて、なんと、宴《うたげ》の終わりに雛《ひな》のようなこの二人《ふたり》を夫婦《ふうふ》にしてはどうかと言われたのだ。これには仁左衛門《にざえもん》も紫乃《しの》も驚《おどろ》いた。むろん志津《しづ》もまさか宮様からお声掛《こえが》かりになるほどの結果になるとは思っておらず、苦労した甲斐《かい》があったと一人《ひとり》喜びをかみしめていた。あれほど宗太郎《そうたろう》を追い出したことに腹《はら》を立てていた仁左衛門《にざえもん》も、紫乃《しの》と同じ音曲の名手でもあり、名門の宮廷楽師《きゅうていがくし》で、宮様のお声掛《こえが》かりとなれば、この縁談《えんだん》を断《ことわ》れるわけでもなし、紫乃《しの》のためにも決して悪い話ではないと思った。こうして、ばたばたと紫乃《しの》の縁談《えんだん》はその日のうちに決まってしまったのだった。

宮様のところから帰って、嫁入《よめい》り支度《じたく》には何をしてやろうかなど、両親が浮《う》き足立《あしだ》っていたころ、奥《おく》の間《ま》で紫乃《しの》がお勢《せい》だけを相手に琴《こと》を弾《ひ》いていた。その琴《こと》の音は今まで聞いたことがないほどにもの悲しく、どこか空《うつ》ろで、がさつなお勢《せい》でさえそのことに気づかずにはいられないほどだった。

「紫乃《しの》様どうかしはりましたか？　縁談《えんだん》が決まっておめでたいときに…。」

「お勢《せい》、私《わたし》はわがままなんやろか。お父様《とうさま》もお母様《かあさま》も今度の縁談《えんだん》のことであんなにも喜んではります…。このごろは仲直りもされているようやし…。」

「この縁談《えんだん》に気がお進みになりませんのか？」

「……。こないな私《わたし》を嫁《よめ》にと言うていただけるだけでもありがたいと思わなあきませんのやろな…。お父様《とうさま》とお母様《かあさま》は同じ音曲をするものどうし、きっと話が合うやろと言わはりますのやけど…。

ただ音曲をする者どうしやからいうて、私《わたし》にはなんやしらん、あの笙九郎《しょうくろう》様とほんまに心から打《う》ち解《と》けられるようになるとは思われへんのや。

笙九郎《しょうくろう》様の笛は非《ひ》の打ち所がないとは思うのやけど…。私《わたし》にはあのお方の笛の音が美しく技《わざ》に長《た》けておいでやと思うほど、なんか空々しうて寂《さみ》しゅうなるような気がして…。生き生きした命の息吹《いぶ》きのようなものが感じられへんかったんや。

家に帰ってから、今一番の笛の名手や言われとる人と手合わせをしたというのに、心が沈《しず》んでくばかりで…。あのときも宗太郎《そうたろう》のことばかり浮《う》かんできて…。

宗太郎《そうたろう》の話はいつも私をワクワクさせてくれてたなあて…。宗太郎《そうたろう》の話を聞いた後で、部屋にやさしい風が吹《ふ》き込《こ》んでくると、なんやしらん、宗太郎《そうたろう》から聞いた旅先での景色《けしき》が目に浮《う》かぶような気がしますのや。まるで風が私《わたし》の見たいもんを運んでくれとるような不思議な気持ちになりますのや。

宗太郎《そうたろう》とその場にいっしょにいたんやないかと…。あんなに生き生きした話だぁれもしてくれへんかった…。

宗太郎《そうたろう》は音曲こそなにもせえへんけど、いつの間にか世の中にあるいろんな命を私《わたし》に届《とど》けてくれて、私《わたし》はただ宗太郎《そうたろう》の届《とど》けてくれたもんを琴《こと》の中に織《お》り込《こ》んでいただけやったんやなあて、宗太郎《そうたろう》がいなくなってから、そんなことばかり考えてしまいますのや。」

「紫乃《しの》様！　まさか、紫乃《しの》様は宗太郎《そうたろう》はんのことを…。」

「わからへん…。わからんのや。けどやっぱり宗太郎《そうたろう》に会いたい。宗太《そうた》郎《ろう》がいなくなって初めて、私《わたし》の琴《こと》に命をくれていたんは宗太郎《そうたろう》やったて気づいたんや…。けど、宗太郎《そうたろう》が出てったときにはこんなにまでは思うてへんかったんや…。

今度縁談《えんだん》があって、初めてこんなにも宗太郎《そうたろう》が私《わたし》にとってなくてはならん人やったて気づくなんて…。あほやなあ、もうどこにおるやらわからんようになってしもたのに…。もう縁談《えんだん》が決まって、こんなにも宗太郎《そうたろう》が恋《こい》しかったて、気づくんやもんなあ…。」

「紫乃様《しの》…。」

「お勢《せい》、お父様《とうさま》もお母様《かあさま》もあないに喜んではります。今になってはどうにもなりません。けど、宮様のとこから帰ってずっと誰《だれ》にも言われんで辛《つら》かったんや。

お勢《せい》に聞いてもろたら、なんやスッとしましたわ。そやけどお勢《せい》、このこと決して誰《だれ》にも言わんといてや。お父様《とうさま》にもお母様《かあさま》にも、決して言うたらあきまへん。私《わたし》があほやったんや。こないになってしもた今、お父様《とうさま》やお母様《かあさま》に私《わたし》の心がわかったら、きっと苦しまはります。やっと仲直りしてくれはったんがまた、いがみ合いはります。

こないな私《わたし》をここまで育ててくれはって、きっと人に言えぬご苦労もおありやったやろに…。もう、これ以上私《わたし》のことで苦しんだり、いがみ合ったりしてほしいことあらへんのや。私《わたし》がぼんやりで気づくのが遅《おそ》かっただけや…。これ以上言うたらきっとわがままになるんやろな…。もう、ええのや…。」

そう言って、紫乃《しの》はころんと一つ、琴《こと》の糸を力なく弾《ひ》いた。

お勢《せい》はそんな紫乃《しの》をなんと言って慰《なぐさ》めたらよいやら言葉が出なかった。

そんな紫乃《しの》の心をよそに、笙九郎《しょうくろう》が初めて大和屋《やまとや》に来て婚礼《こんれい》の日取りを決める日がやって来た。やがて供《とも》を連れた籠《かご》の一行が来て、都風な洗練《せんれん》された身なりをして籠《かご》から降《お》りた若者《わかもの》は、まるで役者のような整った顔立ちだった。しかし、出迎《でむか》えの者に横柄《おうへい》な挨拶《あいさつ》をするその姿《すがた》にはどこか曲者《くせもの》めいた影《かげ》があるのだった。

笙九郎《しょうくろう》は見かけこそさすがに名門の家柄《いえがら》だけあってか、美しい立ち居《い》振《ふ》る舞《ま》いが身についた若者《わかもの》だったが、その心は野心と欲《よく》と奢《おご》り、堕落《だらく》と放蕩《ほうとう》で満ち満ちていた。汚《けが》れない紫乃《しの》は、宮様のところで初めてその笛の音を聞いたとき、緊張《きんちょう》しながらもおぼろげながらそのことを感じ取っていた。

うかつなことに人を見る目のある仁左衛門《にざえもん》でさえも、宮様が薦《すす》めてくれたことと笙九郎《しょうくろう》の家柄《いえがら》と口先のうまさにすっかり目を曇《くも》らされていたのだ。

客間に招《まね》き入れられた笙九郎《しょうくろう》と、再《ふたた》び手合わせをしようということになり、笙九郎《しょうくろう》の笛の音が鳴りはじめたとき、宮様の屋敷《やしき》で聞いたときにはっきりわからなかった笛の音の濁《にご》りを、心の濁《にご》りを紫乃《しの》は聞き漏《も》らさなかった。紫乃《しの》は笙九郎《しょうくろう》の笛に何かが違《ちが》うと感じていたのはこのこともあったのかと愕然《がくぜん》として、顔がすっかり曇《くも》ってしまった。なんとなく座《ざ》が白けて仁左衛門夫婦《にざえもんふうふ》はとりつくろうのに躍起《やっき》だった。

婚礼《こんれい》の日取りを決めて笙九郎《しょうくろう》の一行が帰った後、仁左衛門夫婦《にざえもんふうふ》は紫乃《しの》にどこか具合でも悪いのか、何か気に入《い》らないことでもあるのか、と問い詰《つ》めた。

「お父様《とうさま》、お母様《かあさま》、申《もう》し訳《わけ》ありません。私《わたし》にはあのお方の笛の音がどうしても好きになれませんのや。なんや、音に濁《にご》りがあるように思えて…。私《わたし》にはこれしか言えません。」

「なんや！　それだけのことかいな。紫乃《しの》、あちらさんは宮廷楽師様《きゅうていがくし》やで。いくら評判《ひょうばん》になっとるいうて、あんさんは素人《しろうと》やないか。紫乃《しの》、あんさん少し思い上っとるんやないか？　そんなことでこの縁談《えんだん》にけちなんかつけられへんで。志津《しづ》、この子がええ子やいうて私《わたし》はこの子を甘《あま》やかしすぎたのかもしれへんな。この縁談《えんだん》はこのまま進めますで。ええな、紫乃《しの》。」

紫乃《しの》はそれ以上言葉を返すこともできず、暗い気持ちに沈《しず》んでいった。そして、思いは宗太郎《そうたろう》に…。

7

それから数日の後、哀《あわ》れにも紫乃《しの》はまた、高い熱を出すはめになってしまった。それもただの熱ではなかった。医者の診《み》たてでは、なんと恐《おそ》ろしい流行《はや》り病の疱瘡《ほうそう》だと言うではないか！　仁左衛門夫婦《にざえもんふうふ》も縁談《えんだん》どころではなくなって、必死に紫乃《しの》を看病《かんびょう》した。

ところが紫乃《しの》の疱瘡《ほうそう》はことのほか重く、やっと一命はとりとめたものの、病が癒《い》えたときには美しい紫乃《しの》の顔はボコボコのあばた顔になってしまった。それればかりか高い熱のせいで目までも見えなくなって、足が悪いだけだった紫乃《しの》が三重苦を背負《せお》って生きねばならなくなってしまったとは…。

仁左衛門夫婦《にざえもんふうふ》の嘆《なげ》きは谷底に叩《たた》き落とされたかのようだった。そのうえ、そんな紫乃《しの》を見舞《みま》って慰《なぐさ》めてくれと手紙で知らされた笙九郎《しょうくろう》は、誰《だれ》かに紫乃《しの》のありさまでも聞いたのであろう、何度使いをやっても梨《なし》のつぶてで…。しばらくして宮様のそば仕えの女房《にょうぼう》から、気の毒ながらこの度《たび》の縁談《えんだん》をなかったことにしてほしいと、筌九郎《しょうくろう》から言ってきたとの手紙が届《とど》いた。

そのことをまた嘆《なげ》き悲《かな》しむ両親に、もともと気の進まぬ縁談《えんだん》ではあったし、このような体になったとはいえ、自分には琴《こと》を弾《ひ》く手と耳を神様が残してくださったと、これ以上自分のことで苦しまないでくれと、逆《ぎゃく》に両親を慰《なぐさ》めるけなげな紫乃《しの》だった。

そのとき、

『グシュッ、なんて娘《むすめ》だ。わしもチーとやりすぎたかな？　グシュッ！』

と言う者があった。誰《だれ》にも聞こえぬしわがれた声で…。

やがて紫乃《しの》の病もすっかり癒《い》えて、仁左衛門《にざえもん》は志津《しづ》と紫乃《しの》を連れて、紫乃《しの》の体力を回復するためにと久《ひさ》しぶりに鄙《ひな》びた温泉《おんせん》でゆっくりと湯治をすることにした。ところがこの温泉《おんせん》で志津《しづ》が一人《ひとり》、湯上がりに池の端《はた》で鯉《こい》を見ながらぼんやりしているときのことだった。志津《しづ》はとんでもないことを耳にしてしまった。

都から来たと思われる下僕《げぼく》らしい男が二人《ふたり》、湯殿《ゆどの》の方から話しながら歩いてきた。その最初の一言に志津《しづ》はハッとして植え込《こ》みに身を潜《ひそ》め、聞き耳を立てて息を殺した。

「笙九郎《しょうくろう》様もあないに役者のようなやさしげな顔しておいやして、あれでなかなかに腹黒《はらぐろ》いお方どすのや。聞いてるやろ、あの娘《むすめ》との縁談《えんだん》のこと。」

「ああ知ってるえ、あの上方《かみがた》一と言われてる大和屋《やまとや》の娘《むすめ》とのことですやろう？　えらい別嬪《べっぴん》はんで琴《こと》の名手やてなあ。そんでもいくら金持ちの娘《むすめ》で別嬪《べっぴん》やいうてあないな娘《むすめ》を、ようあの格式《かくしき》の高い家に迎《むか》えることになったもんやとびっくりしてましたんや。
あんさん、笙九郎様《しょうくろう》の屋敷《やしき》で働いてはったらいろいろ裏話《うらばなし》も知っては
りますやろ。わても都の郭《くるわ》でちょいと耳にしたことどすけど、表では華々《はなばな》
しい宮廷楽師《きゅうていがくし》の名手やて騒《さわ》がれてても、あれでなかなかの遊び人やて、
ほんまどすか？」
「それがなあ、遊びも度が過《す》ぎてたいそうな借金してはったんどすわ。
そんな笙九郎様《しょうくろう》に常盤《ときわ》の宮様の牡丹《ぼたん》の宴《うたげ》のとき、この縁談《えんだん》がころがりこ
んできたんどすわ。
それもなあ、聞いた話やと、常盤《ときわ》の宮様の女房《にょうぼう》のところに、町人のく
せして都のどこか良家に縁談《えんだん》はないやろかて大和屋《やまとや》の方から言うてきた
そうどす。それも、まともな体の娘《むすめ》やないいて言いますのにな。
それを意地の悪い公家《くげ》たちが、金でなんでも思い通りになると思うて

るのかと、生意気やよって思い知らしたることにしたいう話どす。それでわざわざ悪い噂《うわさ》のある笙九郎《しょうくろう》様を選んで、下々のことなど、なにもご存知《ぞんじ》ない宮様に薦《すす》めたいうんやから、身分の高い方たちやゆうてもえげつない話どすわ。」

「ふーん、そうどしたんか。けど噂《うわさ》やとその縁談《えんだん》も破談《はだん》になったいう話やおまへんか。」

「それどすがな、笙九郎《しょうくろう》様のところに遊び仲間が来たときに聞いてしもたんどすわ。なんでもその娘《むすめ》というのが疱瘡《ほうそう》にかかって、高い熱で盲目《もうもく》になったばかりやのうて、別嬪《べっぴん》の顔が疱瘡《ほうそう》の跡《あと》で二目と見られんようなあばた顔になったそうどす。

そんでまたそのとき笙九郎《しょうくろう》様がなんて言わはったかいうたら、『せっかく金づるつかんだと思うていたに、いくら金がありあまっても、あないな体の娘《むすめ》が盲目でおまけにあばた顔になったとくれば化けもんや。金がうなるほどあって、美形で家柄《いえがら》も自分にふさわしい娘《むすめ》などまだまだいくらでもおるわ。都の女たちが憧《あこが》れの的《まと》の私《わたし》やったら、そんな娘《むすめ》をたらしこむなどぞうさもないことや。』とまあこんなことを遊び仲間に吹聴《ふいちょう》してましたんや。いくらご主人やゆうても胸《むね》が悪うなりましたわ。」

「ほんまどすなあ、しかし、その娘《むすめ》かわいそうどすなあ。けど、病気してよかったんとちごおますか。そないなお人を婿《むこ》に取ろうもんなら、いかに豪商《ごうしょう》いうても店ごと食いつぶされますえ。さんざんむしりとったあげくに、ほおり出されでもしたらそれこそ目もあてられしまへん。だいたい親があほなんや。上方《かみがた》一の豪商《ごうしょう》や言われてるうえに家の格式《かくしき》まで上げようと欲《よく》かいて、娘《むすめ》をそれもまともな体やないいうのに人身御供《ひとみごくう》に出すやなんて。」

二人《ふたり》はそんな話をしながら温泉宿《おんせんやど》の奥《おく》へ入っていった。

志津《しづ》は真《ま》っ青《さお》になって、植え込《こ》みのそばで凍《こお》りついたようにうずくまっていた。

「志津《しづ》、志津《しづ》――。もう一度一風呂《ひとふろ》浴《あ》びてくる言うていつまでもどこへ行ったんやろう。湯殿《ゆどの》にもおらんようやったし…。志津《しづ》――。」

仁左衛門《にざえもん》の声にやっとのことで植え込《こ》みから立ち上がった志津《しづ》は、夕暮《ぐ》れの中でまるで幽霊《ゆうれい》のようだった。

「ハッ！　びっくりするやないか、志津《しづ》！　そないなとこにおったんかいな。夕げの支度《したく》が整うてますのに、えらい長風呂《ながぶろ》やから様子見にきましたんや。はよう飯にしよやないか。すっかり腹減《はらへ》ってしもたわ。紫乃《しの》も待ってますで、はよう来なはれ。」

「すみません。少し湯当たりしたようで…。」

薄暗《うすぐら》い廊下《ろうか》を仁左衛門《にざえもん》の後ろについて歩く志津《しづ》の足どりは、ヨロヨロとして心もとなかった。志津《しづ》は心の中で自分を責《せ》めつづけた。

『こないなこと、だんな様にも紫乃《しの》にも、誰《だれ》にも言われしません。あの子をあないな目にあわしたんが私《わたし》やったなんて、口が裂《さ》けても言われしません。あほやった。私《わたし》があほやったんや…。私《わたし》があの子を…、私《わたし》しかあの子《こ》を幸せにしてやられへんと思うてたのに…。私《わたし》

しかあの子を守ってやれん思うてたのに…。人身御供《ひとみごくう》やなんて、だんな様の顔に泥《どろ》を塗《ぬ》るようなことにまでなってしもうて…、私《わたし》のせいや、私《わたし》のせいや…。』

そのときからすっかりふさぎ込《こ》んでいる志津《しづ》の様子に、仁左衛門《にざえもん》は湯治を早めに切り上げて屋敷《やしき》に帰ることにした。

屋敷《やしき》に帰ってからも志津《しづ》の様子は今までとすっかり変わってしまった。妙にオドオドして何をするにも自信がなく、日常《にちじょう》のささいなことでもこれでいいかと使用人にまで聞く始末。かと思えば、陰《かげ》に隠《かく》れて一人《ひとり》すすり泣いているようでもあり、食もめっきり細くなって、顔色もさえない志津《しづ》を医者に見せようとしても、頑《がん》として受けつけようともしない。仁左衛門《にざえもん》と紫乃《しの》の不安は日に日に募《つの》っていくばかりだった。

8

母親の様子を案じながらも、紫乃《しの》の体力はすっかり回復《かいふく》し、目こそ見えなくなっていたが、体の方はかえって以前より丈夫《じょうぶ》になっているようで、母を勇気づけるつもりもあって、紫乃《しの》はまた琴《こと》を弾《ひ》きはじめた。

しかし、自分の身を思う暇《ひま》もなく母を案ずる紫乃《しの》は、次から次へとめまぐるしく変わる自分の運命に、さすがに心弱くなっていた。こんなとき、宗太郎《そうたろう》がいてくれたら…、紫乃《しの》が琴《こと》を弾《ひ》きはじめると、紫乃《しの》の見えないまぶたの裏側《うらがわ》に宗太郎《そうたろう》の面影《おもかげ》が浮《う》かび、そんな思いは日増《ひま》しに募《つの》っていくばかりだった。

宗太郎《そうたろう》の話から生き生きした話を聞くことができなくなって、目も見えなくなった分、紫乃《しの》は耳を澄《す》まし、どのような音からも命の喜びを聞き取ろうとした。そんなことをしているうち、目が見えていたとき以上に不思議な感覚が研《と》ぎ澄《す》まされ、風も鳥の声も、庭の木々もすべてのものが紫乃《しの》に命の息吹《いぶ》きを伝えてくれているような、そんなことを感じるようになってきた。

それればかりか、どこか行方《ゆくえ》もわからなくなっている宗太郎《そうたろう》が風の音に乗せて、自分に話しかけてくれている気さえする紫乃《しの》だった。

宗太郎《そうたろう》が最後に話してくれた、すべてのものには魂《たましい》があるという蝦夷《えぞ》の人たちの言葉。それが本当のように思えてくるのだった。

そして、紫乃《しの》の弾《ひ》く琴《こと》の音は今まで以上に透明《とうめい》で、魂《たましい》の垢《あか》を洗《あら》い流すように澄《す》み渡《わた》っていった。むろん、あれほど苦しんでいた志津《しづ》も、紫乃《しの》の琴《こと》の音を聞いているとすべて許《ゆる》すと言ってくれているようで救われるような気がしたのであろうか。少しずつ元気になっていくようだった。志津《しづ》もいつまでもこんなではかえって仁左衛門《にざえもん》や紫乃《しの》に心を痛《いた》めさせるばかりだと、やっと思いを変えようとしていて、久《ひさ》しぶりに紫乃《しの》の好物の菓子《かし》を作り、紫乃《しの》の部屋《へや》に持っていった。

紫乃《しの》は嬉《うれ》しかった。母が久《ひさ》しぶりに明るい様子で手間暇《てまひま》のかかる菓子《かし》までこしらえてくれたことが何より嬉《うれ》しかった。今日《きょう》は久《ひさ》しぶりにゆっくり紫乃《しの》の琴《こと》が聞きたいという母のために紫乃《しの》は心の中でこう念じて…。

『宗太郎《そうたろう》、力貸《か》してや。お母様《かあさま》が元気にならはりますように、生き生きと楽しい話、風に乗せてや。』

紫乃《しの》の弾《ひ》きはじめた琴《こと》の音は、軽《かろ》やかで明るい、まるで恋人《こいびと》たちが野原を子どものように駆《か》け巡《めぐ》ってはしゃいでいるような調べだった。

その調べを聞きながら志津《しづ》はすっかり忘《わす》れていた遠い昔、まだ仁左衛《にざえ》門《もん》のところに嫁《とつ》ぐずっと以前、琴《こと》の稽古《けいこ》の帰りにいつも出会った道場帰りの武家《ぶけ》の若者《わかもの》とのほのかな初恋《はつこい》の思い出が浮《う》かんできてならなかった。はかない、ささやかな初恋《はつこい》だったが、まだ初々しかった志津《しづ》には、宝物《たからもの》のように忘《わす》れられぬ甘酸《あまず》っぱい思い出だった。

『まあ、なんと懐《なつ》かしい、あのお方もきっと今は立派《りっぱ》になってはりますやろな。紫乃《しの》にはこんな思い出もないやろに、この子はまるで恋《こい》する人を思うて琴《こと》を弾《ひ》いているようや。』

そう思って志津《しづ》はハッとした。

『まさか！　この子は宗太郎《そうたろう》のことを…。そ、そんなわけあらしません。そやかてあのとき宗太郎《そうたろう》のことはどないも思うてない言うてましたやないか…。ああ、私《わたし》は自分の思いで頭がいっぱいで、娘《むすめ》のこないな気持ちにも気づかん母親やったんか…。私《わたし》いう女は…。』

そんな思いで改めて紫乃《しの》の琴《こと》の音に耳を澄《す》ますと、紫乃《しの》が宗太郎《そうたろう》を慕《した》っていることは間違《まちが》いないと確信《かくしん》する志津《しづ》だった。

志津《しづ》は声を殺して泣きはじめた。その気配に紫乃《しの》は、

「お母様《かあさま》、どうしはりましたんや。お母様《かあさま》！　お勢《せい》、お母様《かあさま》どないしはったんや？」

お勢《せい》が志津《しづ》のところに走りよると、志津《しづ》は涙《なみだ》をこらえながら、

「お勢《せい》、席をはずしておくれ…。」

お勢《せい》が席を立つと志津《しづ》は、

「紫乃《しの》、ほんまのことを言うとくれ。あんさん宗太郎《そうたろう》のこと、好いてたんとちがうんか？」

「ど、どうしてそんなこと！　そ、そんなわけあらしません。なんでそ

ないなこと言わはりますの？　そんなわけないやありませんか。」

そう言ってさっと顔を赤らめる紫乃《しの》を志津《しづ》ははっきり見てとった。

志津《しづ》は胸《むね》が張《は》り裂《さ》けそうな思いで、

「わかりました。紫乃《しの》、許《ゆる》してや…。こんな私《わたし》を許《ゆる》してや…。」

そう言うと、志津《しづ》は袖《そで》で顔を覆《おお》いながら紫乃《しの》の部屋《へや》をヨロヨロと出ていった。

「お勢《せい》！　お勢《せい》はいてませんのか！」

紫乃《しの》のただならぬ声《こえ》に、飛《と》んで帰《かえ》ってきたお勢《せい》に、

「お勢《せい》、どないしたらええんや？　お母様《かあさま》に私《わたし》が宗太郎《そうたろう》を思っていることと、わかってしもたらしいのや。どうしてなんやろう？　どないしたらええんやろう…。」

「紫乃《しの》様、奥様《おくさま》はきっと紫乃《しの》様の琴《こと》を聞いて気づきはったんとちがいま

すやろか。わてのように鈍《にぶ》いもんでも、このごろの紫乃《しの》様の琴《こと》を聞いているると、なんやしらん亡うなった亭主《ていしゅ》のこと思い出して、恋《こい》しゅうてならんようになりますのや。うまいこと言えませんけど紫乃《しの》様のこのごろの琴《こと》の音には恋《こい》する女心と言いますのか、俗《ぞく》に言う艶《つや》っぽさいうんか、そないなものを感じますのや。奥様《おくさま》も紫乃《しの》様の琴《こと》の音にそないなもんを感じはったんやおまへんか？」

「そんな…。お母様《かあさま》をお慰《なぐさ》めできるんやったらと一生懸命《いっしょうけんめい》弾《ひ》いただけやのに…。やっと少し元気になりはったと思うてたのに…。私《わたし》のことでまた苦しまはるんとちがうやろか？　どないしたらええんやろ…？」

一方、紫乃《しの》の部屋《へや》を出た志津《しづ》はそのまま仁左衛門《にざえもん》の部屋《へや》へと向かった。志津《しづ》は商売の手紙を読んでいた仁左衛門《にざえもん》の背中《せなか》に寄《よ》りかかるようにすると、とめどなく流れる涙《なみだ》を押《お》さえようともしなかった。

一時は繕《つくろ》いようもないと思えた夫婦仲《ふうふなか》も、度重《たびかさ》なる災《わざわ》いに、また支《ささ》え合《あ》っていこうと思い直していた仁左衛門《にざえもん》は、湯治場以来様子がおかしい志《し》津《づ》を、また何かあったのかと振《ふ》り返ってやさしく抱《だ》き、しばらく落ち着くのを待っていた。

「どないしたんや、湯治に行ってからいうもん、あんさん気が抜《ぬ》けてまるで幽霊《ゆうれい》みたいやったで。このごろやっと少し元気になってくれたと思うてたのに…。

さあ、今日《きょう》は私《わたし》にあんさんの心の中にあるもん、みんな吐《は》き出してしまいなはれ。夫婦《ふうふ》やないか。何をそないに苦しんどるんや。紫乃《しの》のことでいろいろありすぎて、心が疲《つか》れとるんやろ。笙九郎《しょうくろう》様のことも紫乃《しの》があないな体になったことも、あんさんがそないに苦しんだかて、どないにもならんことやないか。本人の紫乃《しの》でさえ、けなげにあないに琴《こと》に打ち込《こ》んで明るう振《ふ》る舞《ま》っとるんや。親の私《わたし》らが力づけてやらんでどないします?」

「だんな様、許《ゆる》しとくんなはれ。みんな私《わたし》が悪おますのや…。」

そう言って志津《しづ》は湯治場で耳にしたこと、今まで自分がしてきたすべてのことを泣きながら仁左衛門《にざえもん》に打ち明けた。仁左衛門《にざえもん》は、志津《しづ》が体を壊《こわ》すほどに苦しんできたことを思い、ろくに話も聞いてやらずに志津《しづ》を追いつめた自分にも罪《つみ》があると、志津《しづ》が不憫《ふびん》だった。志津《しづ》は涙《なみだ》をぬぐおうともせず、仁左衛門《にざえもん》の顔を見上げ、

「私《わたし》は取り返しのつかんことばかりしてきました。今さらこないなことお願いできる私《わたし》やありませんけど、どうぞお願いでございます。宗太郎《そうたろう》を探《さが》していただけませんやろか、どうかお願いでございます。宗太郎《そうたろう》を

探《さが》しとくれやす。このとおり…。紫乃《しの》は、紫乃《しの》は宗太郎《そうたろう》を慕《した》ってましたんや。今でも宗太郎《そうたろう》を恋《こい》しがってますのや。」

「なんやて…？　そうやったんか、いずれ婿《むこ》にしようと思うていたとはいえ、幼《おさな》いころから兄妹《きょうだい》のように仲がええだけやと思うていた私《わたし》もうかつやった。よう打ち明けてくれた。たった一人《ひとり》で、ずっと苦しんできたんやな。もうよろし、あんさんばかり責《せ》める気はない。私《わたし》にかて責任《せきにん》はあるのや。あんさんにつれのう当たってきて、そこまで追いつめてしもたんは私《わたし》や。もう一人《ひとり》で苦しまんでええのやで。

けど…。そやったんか。紫乃《しの》が宗太郎《そうたろう》を…。

志津《しづ》安心しなはれ、宗太郎《そうたろう》のいるところはわかってるんやで。実はな、あんさんが宗太郎《そうたろう》を追い出してからすぐ、私《わたし》も宗太郎《そうたろう》の行方《ゆくえ》を探《さが》したんや。やっと宗太郎《そうたろう》見つけて旅の途中《とちゅう》、あんさんにはないしょで自分で宗太郎《そうたろう》を説得に行ったんや。けど、首を縦《たて》には振《ふ》ってくれなんだ。自分がいてはおまえを苦しめることになるし、大和屋《やまとや》を継《つ》ぐ器《うつわ》でもない、紫乃《しの》のためにも、もっとふさわしい立派《りっぱ》な婿《むこ》を迎《むか》えてやってほしい言うてな。

けど、あのとき紫乃《しの》の心がわかっていたら、首に縄《なわ》つけてでも宗太郎《そうたろう》を連れて帰ったのに…。」

「宗太郎《そうたろう》は土佐《とさ》で漁師《りょうし》をしてますんやで。紫乃《しの》の心を話したらきっとわかってくれる。大丈夫《だいじょうぶ》や。宗太郎《そうたろう》やったらきっと戻《もど》ってくれる。すぐに使いを出しまひょ。」

9

ところが…土佐《とさ》に使いに行った番頭が肩《かた》を落として帰ってきた。なんと!……一月ほど前、宗太郎《そうたろう》がしけにあって行方不明《ゆくえふめい》だという知らせを持って……!

いっしょに漁に出ていた者たちの遺体《いたい》はみな上がったが、宗太郎《そうたろう》のものだけが上がらなかったというのだ。仁左衛門夫婦《にざえもんふうふ》の落胆《らくたん》ぶりはひとかたではなかった。まして志津《しづ》にとっては、自分の罪滅《つみほろ》ぼしの頼《たの》みの綱《つな》だっただけに、自分のせいで宗太郎《そうたろう》まで殺してしまったと気も狂《くる》わんばかりだった。

そして、両親を悲しませたくないと張《は》り詰《つ》めていた紫乃《しの》の心も、このときばかりは琴《こと》の糸が鈍《にぶ》い音を立てて切れるように切れてしまって、見えぬ目から血が出はしないかと思うほど泣きつづけた。紫乃《しの》は宗太郎《そうたろう》がどこかで生きていると思えばこそ、琴《こと》さえ弾《ひ》けば宗太郎《そうたろう》と会っているときのように心安らいだのだった。それなのに…。

紫乃《しの》は今まで見せたことがないような激《はげ》しさで琴《こと》を弾《はじ》きはじめた。病弱で目の見えぬ、か細い紫乃《しの》のどこからこれほどに激《はげ》しい音が出るのだろうか？

宗太郎《そうたろう》、宗太郎《そうたろう》！　そう心で叫《さけ》びながら琴《こと》をかき鳴らしているうちに、紫乃《しの》のまぶたの内に激《はげ》しいしけにもまれ、荒波《あらなみ》に見え隠《かく》れする宗太郎《そうたろう》の姿《すがた》が浮《う》かんだ。そして宗太郎《そうたろう》がこう叫《さけ》ぶのを紫乃《しの》ははっきりと耳にしたのだ。

『紫乃《しの》さまぁ！　宗太郎《そうたろう》は死にません！　どないに遠くに行っても紫乃《しの》様を見守りつづけようと心に誓《ちか》って大和屋《やまとや》を出ましたんや！　必ず生き延《の》びて紫乃《しの》様をお守りします！』

琴《こと》の音が宗太郎《そうたろう》と自分をつなげているのだ！　紫乃《しの》は自分の内から涌《わ》き出《で》てくる音の中に、はっきりそう感じ取った。紫乃《しの》の琴《こと》の音が急に柔《やわ》らかくなった。

『宗太郎《そうたろう》は生きてる！　どこかできっと生きてる！　私《わたし》を守りつづけると言うていたやないか！　今まで琴《こと》を弾《ひ》くたびに宗太郎《そうたろう》が私《わたし》に語りかけているような気がしてたのは、ほんまのことやったんや！　そうや！　宗太郎《そうたろう》がしけに会うたんは一月も前やと言うてたやないか。きっとどこかで生きてるんや。この一月私《わたし》が琴《こと》を弾《ひ》いているあいだ、宗太郎《そうたろう》はいつも私《わたし》に語りかけてくれてたやないか！　宗太郎《そうたろう》は生きてるんや！』

これほどまでに若《わか》い二人《ふたり》が強い絆《きずな》で結びついていようとは…。人間の身で、それも目の見えない紫乃《しの》が、心の丈《たけ》を琴《こと》にぶつけることで宗太郎《そうたろう》が死んでいないことを感じ取ってしまうとは…。

紫乃《しの》は宗太郎《そうたろう》のことで苦しんでいる母にこのことを伝えねばと、お勢《せい》に母を呼《よ》びにやらせた。母は心労のためにいっそうやつれて痛々《いたいた》しかった。

「お母様《かあさま》、宗太郎《そうたろう》のことでそないにご自分をお責《せ》めになることはありません。宗太郎《そうたろう》は生きてます。私《わたし》にはわかりますのや。琴《こと》を弾《ひ》いていたらはっきり宗太郎《そうたろう》の声が聞こえましたんや。宗太郎《そうたろう》は死んでなどおりません。お母様《かあさま》、宗太郎《そうたろう》は生きてます。私《わたし》にははっきりわかります。お母様《かあさま》、そやからもうご自分を責《せ》めはることはありません。どうぞ元気を出しとくんなはれ…。」

しかし、紫乃《しの》の母を思う故《ゆえ》のこの言葉はまったくの逆効果《ぎゃくこうか》になってしまった。

「紫乃《しの》、それほどまでに宗太郎《そうたろう》を！ 許《ゆる》しておくれ…。宗太郎《そうたろう》が死んだなんて信じとうないのやな。かわいそうに…。私《わたし》があないなことさえせなんだら…。許《ゆる》しておくれ、紫乃《しの》…。」

紫乃《しの》はどうして良いかわからなかった。良かれと思って言ったことが、よけいに母を苦しめることになるなどと…。

10

それ以来志津《しづ》は前にも増《ま》してやつれていった。そんな志津《しづ》が、いつのころからか夜明け前のまだ暗いうち、誰《だれ》もがぐっすり寝静《ねしず》まっているときにこっそり家を抜《ぬ》け出してどこかに出かけては、何事もなかったかのように戻《もど》っているような毎日を送りはじめた。

志津《しづ》は提灯《ちょうちん》一つを頼《たよ》りに、おぼつかない足どりで町外れにある古い寂《さび》れた観音堂に毎日通っていたのだった。堂の内外をきれいに掃《は》き清め、弱ってゆく体をおして、紫乃《しの》の幸せを願って百日詣《もう》でをしていたのだ。

冬も近づき寒さがだんだん厳《きび》しくなる中を雨の日も風の日も、昼間は這《は》うようにするほど弱っていても、観音堂に行くときには別人のように気を奮《ふる》い立たせて歩きつづける志津《しづ》の姿《すがた》には鬼気《きき》迫《せま》るものがあった。

そんなある日のこと、富山《とやま》の薬売りが勝手口に来ていた。口の軽い小女が、宗太郎《そうたろう》がこの家を出ていったころからのことを一部始終薬売りにしゃべっていた。そのとき、どこの野良猫《のらねこ》か、何かをくわえて薬売りの行李《こうり》のそばを通り、ポトリと小さなものをその中に落としていった。誰《だれ》も気づかぬ間に…。

それは紫乃《しの》が毎日大切に使っている琴爪《ことづめ》の錦《にしき》の小袋《こぶくろ》だった。


そんなささいな出来事を、志津《しづ》は知るよしもなく、寒さも厳《きび》しくなる中、百日詣《もう》でを相変わらず誰《だれ》にも知られぬように黙々《もくもく》と続け、病はやがて取り返しのつかないほどに志津《しづ》の体をむしばんでいった。

このままでは百日詣《もう》での満願さえ迎《むか》えられそうにはない、と志津《しづ》は焦《あせ》った。もつれるような足どりで気力を奮《ふる》い立たせ、いつものように家を出たものの、木戸の前でよろけて大きな音を立ててしまった。

ちょうどそのとき、仁左衛門《にざえもん》は首筋《くびすじ》に冷たい風をフーッと吹《ふ》きつけられたような気がして、ブルッと身震《みぶる》いをして目を覚ました。

「ん！　裏口《うらぐち》の方で物音がする、なんやろ？」

と羽織《はおり》を掛《か》けていってみると、誰《だれ》かが屋敷《やしき》を出た気配がしたではないか。

「誰《だれ》やろ？　まだ夜も明けてへん夜中に外に出るなんて。ぶっそうな！」

そうつぶやきながら裏木戸《うらきど》を開けて外をのぞいてみると、道の向こうにヨロヨロと今にも倒《たお》れそうに闇《やみ》に消えていこうとする人影《ひとかげ》があった。

「ま、まさか！」

そう小声で叫《さけ》ぶと、仁左衛門《にざえもん》はその人影《ひとかげ》のもとに急いで走《はし》りよった。

「志津《しづ》！　やっぱり志津《しづ》やないか！

そないな体であんさんこの暗い中、どこへ行こうというんや？

こんなに冷え込《こ》んでいるのに体にさわるやないか！」

「だ、だんな様…。な、なんで?!…。
お願いでございます。どうぞ黙《だま》って行かしとくなはれ。
もうあと少しですのや。
どうぞ、このまま目をつぶって行かしとくなはれ。」
「何を言うとるんや。いったい、何を考えとるんや?
あんさんにもしものことがあったら紫乃《しの》はどないなりますのや。
ささ、帰りまひょ。」
「だんな様、私《わたし》はもう長《なご》うはありません。
今まで紫乃《しの》を苦しめるようなことしかできませなんだ。
せめて生きているうちにたった一つ親らしいこと、させとくれやす。
たっての願い聞いとくれやす。
どうぞこのまま行かしとくなはれ。」

仁左衛門《にざえもん》は一瞬《いっしゅん》言葉をつまらせた。実はつい二三日前、医者から志津《しづ》の体に悪い腫瘍《しゅよう》ができていて、もう手の打ちようがないと言われたばかりだった。もってもあと半月が良い方だということなのだ。

「何を縁起《えんぎ》でもないこと言うとるんや。

あんじょう養生して一日も早《はよ》うに元気になってもらわな…。

これ以上紫乃《しの》を悲しませてどないなるんや？

体がもうこない冷えきってるやないか。家に戻《もど》らな。」

と力づくでも志津《しづ》を戻《もど》そうとする仁左衛門《にざえもん》を、志津《しづ》は病人とは思えないほどの力で突《つ》き放して、強い口調で必死に訴《うった》えた。

「後生《ごしょう》でございます！

行かしとくなはれ！

一日でも休んだら私《わたし》の願いが観音様に届かんようになります。

もう少しですのや、あと半月目をつぶって、行かしとくなはれ。」
「…あんさん、観音堂に願掛《がんか》けしてたんか！
いつからや、あないな人気《ひとけ》のないとこまでこんな暗がりにたった一人《ひとり》で行ってたんか！
こんな体で、この寒空に…。
けど、万が一のことでもあったらどないするんや。
気をしっかり持って体が治ったらまた続けたらええやないか。」
「…だんな様、自分の体のことは私《わたし》が一番ようわかります。
どうか、私《わたし》の最後の願いを聞《き》き届《とど》けとくなはれ。
このとおりでおます。」
そう言って地面にひれ伏《ふ》して頼《たの》む志津《しづ》の姿《すがた》を見て、仁左衛門《にざえもん》は言葉を失った。

しばらく考えたあげく、

「…わかった、わかった。もう、なにも言いません。けど、その体や。ささ、私《わたし》におぶさりなはれ。今日《きょう》からは私《わたし》もあんさんといっしょに願掛《がんか》けに通いまひょ。私《わたし》らは夫婦《ふうふ》やで。あんさんの願いは紫乃《しの》のことなんやろ？　そやったら私《わたし》の願いでもある。観音さんかて、亭主《ていしゅ》の私《わたし》が力貸《か》したかて許《ゆる》してくれはりますやろ。私《わたし》かて父親や。それでよろしいな。」

「だんな様！」

こうして二人《ふたり》で観音堂通いをして半月後、とうとう満願の日がやってきた。

ここ数日志津《しづ》は自分の力で立ち上がることもできず、仁左衛門《にざえもん》に背負《せお》われて観音堂に通っていた。その日は上方《かみがた》でも珍《めずら》しい大雪で、大きな牡丹雪《ぼたんゆき》がしんしんと暗闇《くらやみ》に舞《ま》っていた。

綿入《わたい》れを着せ、蓑《みの》を重ねた志津《しづ》を背負《せお》って歩く仁左衛門夫婦《にざえもんふうふ》の姿《すがた》は、まるでこんもりとした塚《つか》が動いているようだった。

仁左衛門《にざえもん》はなにも言わず黙々《もくもく》と歩いた。背中《せなか》の志津《しづ》の呼吸《こきゅう》が弱弱しく首筋《くびすじ》に当たって、仁左衛門《にざえもん》の目からこぼれ

落ちる涙《なみだ》が、ほほにへばりついた牡丹雪《ぼたんゆき》を溶《と》かして流れていった。

「志津《しづ》…。頑張《がんば》るんやで！

今日《きょう》が満願や。

ほれ、観音堂や、大丈夫《だいじょうぶ》か？　志津《しづ》！」

観音堂に着くと、仁左衛門《にざえもん》は志津《しづ》を抱《かか》え込《こ》むように二人《ふたり》で観音像《ぞう》の前に座《すわ》り、志津《しづ》と手と手を重ね合わせ、長いあいだ最後の祈《いの》りを捧《ささ》げた。

「だんな様、聞こえます。観音様の声が…。」

か細い声で志津《しづ》が言うと、

「なんと言うておいでなんや。私《わたし》にはなにも聞こえへん。志津《しづ》！」

「観音様は『琴爪《ことづめ》が紫乃《しの》に幸せをもたらすであろう。』と言わはりました。どないなことですのやろ？

観音様は私の願いを聞いてくれはりましたんやろか？　ほんまに紫乃《しの》

は幸せになれますんやろか？」

「志津《しづ》、観音さんは願いを聞き届《とど》けてくれはったんや。これで紫乃《しの》が幸せにならんことがおますかいな。

良かったたな、志津《しづ》、これでもうええやろ、おまえほどの母親がどこにおりますかいな。立派《りっぱ》でしたで。ほんまに…、あんさんは立派《りっぱ》な母親でしたで…。志津《しづ》！」

「だんな様、だんな様のお陰《かげ》でございます。私《わたし》はもう、紫乃《しの》がどんなふうに幸せになるか見届《みとど》けてやれそうにありません。

けど、あないにすばらしい子の母親やったこと、ほんまに幸せやった。だんな様とこうして紫乃《しの》のことで心一つに過《す》ごせて、ほんまに幸せでおました。

だんな様、紫乃《しの》を、紫乃《しの》をおたの申します。どうぞ、紫乃《しの》を…。」
百日詣《もう》でをやり切って安堵《あんど》しながらも、志津《しづ》はさすがに疲《つか》れたのか、
そう言うとそのまま意識《いしき》を失ってしまった。
「志津《しづ》、しっかりしなはれ！」
しかし、ぐったりとしてそのままかすかな寝息《ねいき》を立てはじめた志津《しづ》の
顔は、やつれ切って病ですっかり老いてしまったものの、美しく、安ら
かだった。
そんな志津《しづ》を腕《うで》に抱《だ》きながら、
「志津《しづ》、よう頑張《がんば》ったたな。
おまえの紫乃《しの》を思う心、私《わたし》にはとうてい及《およ》ばなんだで。
もう少し、もう少し頑張《がんば》るんやで！
私《わたし》といっしょに紫乃《しの》が幸せになるのを見届《みとど》けんでどないするんや。

さ、帰りまひょ。あったこうして、精《せい》のつくもん食べて、ちいとでも元気にならな、志津《しづ》よお…。し…づ…。」

11

屋敷《やしき》に帰った仁左衛門《にざえもん》は床《とこ》に志津《しづ》を寝《ね》かせると、急いで家の者を起こし、医者を呼《よ》びにやらせた。志津《しづ》の容体《ようだい》を診《み》た医者は首を横に振《ふ》り、会わせたい人があれば急いで呼《よ》び寄《よ》せるように言うだけだった。しかし、仁左衛門《にざえもん》は誰《だれ》も呼《よ》びにはやらなかった。紫乃《しの》と二人《ふたり》、静かに志津《しづ》を見送ってやりたかった。誰《だれ》もが息を殺してシーンと静まり返っている大和屋《やまとや》の奥《おく》の間《ま》に、仁左衛門《にざえもん》は医者以外の者を遠ざけて、志津《しづ》と紫乃《しの》の手を重ね、それを包み込《こ》むように自分の手を重ねてただただ志津《しづ》を見つめていた。

日に日に弱っていくことを案じながらも、志津《しづ》の病がここまで悪くなっていると知らされていなかった紫乃《しの》には、あまりに突然《とつぜん》の母との最後の別れだった。

「お母様《かあさま》、どうして、どうして紫乃《しの》をおいていこうとしはりますの？私《わたし》のことでいつも苦しまはって…。何一つ孝行《こうこう》らしいことできてへんのに…、紫乃《しの》はどうすればよろしいの？　もう一度目を覚まして紫乃《しの》を呼《よ》んどくれやす。お母様《かあさま》…。」

「紫乃《しの》、お母様《かあさま》はなあ、今、とても安らかな顔して眠《ねむ》っておいでやで。眠《ねむ》っていても、きっと紫乃《しの》の声を聞いてます。お母様《かあさま》はな、紫乃《しの》みたいなすばらしい子の母親で幸せやったて言うてましたで、紫乃《しの》のために一生懸命《いっしょうけんめい》生きて、生きて、こない眠《ねむ》っていても紫乃《しの》のこと思いつづけてますのやで。お母様《かあさま》にありがとう言うて見送ってあげなはれ…。」

「けど、お父様《とうさま》。紫乃《しの》はいやです。お母様《かあさま》がいってしまうなんて、いやや。お母様《かあさま》、お母様《かあさま》、いやや、いかんといて。ずっと、ずっと紫乃《しの》のそばにいて！」

そう言って泣きながら母の顔をなではじめた紫乃《しの》の指にスウッと一滴《ひとしづく》、母の涙《なみだ》が伝ってきた。

「お母様《かあさま》！　お母様《かあさま》！　わかりますの？　紫乃《しの》です。ここにいてます。お母様《かあさま》！」

必死で叫《さけ》ぶ紫乃《しの》の声に、志津《しづ》が答えるように微笑《ほほえ》みを浮《う》かべたかと思うと、フウッーと大きな息をつき、そのまま静かに息を引き取った。

「お母様《かあさま》！　おかあさまー。」

「志津《しづ》…。」

一方、そのころ宗太郎《そうたろう》は長崎《ながさき》から港に着いた船を飛び降《お》りるようにして、大和屋《やまとや》の屋敷《やしき》へと向かっていた。宗太郎《そうたろう》が大和屋《やまとや》の近くまで来るとなにやら店の方がざわざわとして、みなが通夜《つや》の用意をしている最中だった。

「こ、これは…。」

宗太郎《そうたろう》が顔色を変えて大和屋《やまとや》に駆《か》け込《こ》んでいくと、

「ひやー、ゆ、幽霊《ゆうれい》や！」

と丁稚《でっち》が叫《さけ》び声をあげて腰《こし》を抜《ぬ》かした。その声に驚《おどろ》いた番頭が奥《おく》から店に飛び出して、宗太郎《そうたろう》を見て肝《きも》をつぶし、

「そ、宗太郎《そうたろう》はん！　あんさん…生きとったんか？　だんな様！　だんなさまあ！　宗太郎《そうたろう》はんが生きてはりましたでぇ！　宗太郎《そうたろう》はんが帰ってきはりましたでぇ！」

そう大声で言いながら奥《おく》へ走り去って、すぐさま仁左衛門《にざえもん》が宗太郎《そうたろう》のもとへやってきた。

「宗太郎《そうたろう》！　生きとったんか！　アアーッもう少し、もう少し、はよう帰っていてくれたら…。志津《しづ》が、志津《しづ》が…。とにかく、上がんなはれ、志津《しづ》に会《お》うてやってくれ。」

奥《おく》の間《ま》では志津《しづ》の亡骸《なきがら》によりそって、紫乃《しの》が志津《しづ》の顔をなでまわして語りかけていた。

「お母様《かあさま》、やっぱり宗太郎《そうたろう》は生きてましたで。今お父様《とうさま》がここへ連れてきてくれはりますからね。お母様《かあさま》、宗太郎《そうたろう》が帰ってきてくれたんです…。せめて、せめてもう少し、はよう帰っていてくれたら…。」

そんな紫乃《しの》と変わり果てた志津《しづ》を見て、宗太郎《そうたろう》は呆然《ぼうぜん》として立ちつくしてしまった。

「ごりょんはん！」

「宗太郎《そうたろう》！　宗太郎《そうたろう》なんやね！　ここに来て！　お母様《かあさま》、宗太郎《そうたろう》です。お母様《かあさま》…。」

そう言って紫乃《しの》は手を宙《ちゅう》に這《は》わせて宗太郎《そうたろう》を探《さが》した。

「ああ！　紫乃様《しの》！　あの薬屋の言うてたことはほんまのことでしたんやな。ここでおます、宗太郎《そうたろう》はここにいてます。」

「ほんまに、ほんまに宗太郎《そうたろう》や！　宗太郎《そうたろう》の声や！　お母様《かあさま》のそばに来て！　お母様《かあさま》、宗太郎《そうたろう》でおます、生きてましたんやで。」

三人は志津《しづ》の亡骸《なきがら》の前で宗太郎《そうたろう》がこの家を出てからのことを一晩中《ひとばんじゅう》語り合った。そんな中で不思議なことが一つ。それは、宗太郎《そうたろう》がここへ帰ってくるいきさつだった。

宗太郎《そうたろう》はしけにあったとき、長崎《ながさき》の交易商《こうえきしょう》の船に助けられ、そのまま長崎《ながさき》へ行って重宝《ちょうほう》がられながら働いていた。

そんなある日のこと、かすかに懐《なつ》かしい琴《こと》の音がするような気がして裏口《うらぐち》にまわると、そこに薬売りが行李《こうり》を広げて店の者相手に商《あきな》いをしていた。

ふと、その行李《こうり》の片隅《かたすみ》を見て宗太郎《そうたろう》はハッとした。そこにあるのはまごうことない紫乃《しの》が大切にしていた琴爪《ことづめ》の錦《にしき》の小袋《こぶくろ》だった。

薬屋にその小袋《こぶくろ》をどうしたのかと聞けば、どうやら大和屋《やまとや》という大店《おおだな》に行《い》ったときにどうしてかわからないが紛《まぎ》れ込《こ》んだらしいというのだ。

気がついたのが長崎《ながさき》に向かう船の中でどうしようもなく、次に大和屋《やまとや》へ行ったときに返そうと思っているという話だった。

そこで、宗太郎《そうたろう》がその大和屋《やまとや》に自分がいたことがあると打ち明けると、薬売りは小女から聞いた紫乃《しの》に起きた出来事を一部始終話した。紫乃《しの》のことは遠くにいても一日とて忘れたことのなかった宗太郎《そうたろう》は、それを聞くと矢も楯《たて》もたまらず、命の恩人《おんじん》で宗太郎《そうたろう》を重宝《ちょうほう》がっていてくれた交易商《こうえき》の主人に訳《わけ》を話し、惜《お》しまれながらもはやる心を押《お》さえて船に飛び乗ったというわけだった。

紫乃《しの》も大事にしていた琴爪《ことづめ》がなくなって、どうしたことかと思っていたが、まるで琴爪《ことづめ》が宗太郎《そうたろう》を呼《よ》びに行ったようだと不思議がった。

だが、仁左衛門《にざえもん》にはわかっていた。二人《ふたり》にわからぬようにそっと涙《なみだ》を押《お》さえた。

『志津《しづ》、あんさんが命を賭《か》けてした百日参《まい》りのご利益《りやく》がありましたで。観音さんのお告げはほんまでしたで。琴爪《ことづめ》が紫乃《しの》の幸せを運んでくれはったんや。』

しかし、今それを口にすることはできなかった。今それを言えば、母親の命を縮《ちぢ》めたのが自分なのかと紫乃《しの》が苦しむにちがいないと…。

葬儀《そうぎ》を終えてすぐ、仁左衛門《にざえもん》は志津《しづ》の魂《たましい》がまだこの家にいるうちにと、四十九日に二人《ふたり》の祝言《しゅうげん》を挙げることにした。たとえ喪中《もちゅう》とはいえ、それが一番の志津《しづ》の願いでもあり、供養《くよう》にもなると、世間をはばかって内々で…。

12

婚礼衣装《こんれいいしょう》を飾《かざ》った部屋《へや》に、紫乃《しの》と仁左衛門《にざえもん》が静かに向かい合って座《すわ》っていた。紫乃《しの》はいくらか眉《まゆ》をひそめて父にこんなことを言った。

「お父様《とうさま》、お母様《かあさま》が亡《な》くならはって、こないな私《わたし》のようなものに宗太郎《そうたろう》の妻《つま》の務《つと》めができますやろか？ それに、もしこないな私《わたし》に子どもでもできたら、母親の役目などできますやろか？ なんや急に不安になってしもて…。なんや自信がありまへんのや。」

それを聞いた仁左衛門《にざえもん》は意を決して、初めて志津《しづ》の百日詣《もう》でのことを紫乃《しの》に話した。

紫乃《しの》は驚きと母への思いがこみ上げて、息も止まらんばかりだった。

そして、

「紫乃《しの》、間違《まちが》えんでよう聞きなはれや、お母様《かあさま》があんさんのために命を縮《ちぢ》めはったとは思いなはんなや。初めは私《わたし》かてあないな体でと、お母様《かあさま》を止めた。けど、自分の命にもう限《かぎ》りがあることを知っていたお母様《かあさま》の決心を変えることはできんかったんや。

内心寒さがだんだん厳《きび》しうなる中、ほんまにこないなことしてええんやろかと、どれほど思うたかしれへん。それでもお母様《かあさま》と毎日暗い中を観音堂に通ううちに、だんだんと私《わたし》にもわかってきたんや。

これをやり遂《と》げさせてあげなんだら、きっと死んでも死にきれんやろ。これをやり遂《と》げることがお母様《かあさま》にとって、生きることを全《まっと》うすることになるんやと…。私《わたし》は私《わたし》で長いあいだつれのうしたこともあった志津《しづ》と、最後の最後、ほんまの夫婦《ふうふ》になれたかけがえのない時やったとも思うてるんや。

それに、百日詣《もう》での満願の日、お母様《かあさま》が亡《な》くなった前の日のことや。観音堂で観音さんからお告げがあったと言うてから、お母様《かあさま》は意識《いしき》を失った。けど、その顔のなんと満足げで安らかやったこと…。お母様《かあさま》は親としてできる限《かぎ》りのことを、命を賭《か》けてやり抜《ぬ》きはった。」

そう言うと、仁左衛門《にざえもん》もあのときの志津《しづ》を思い浮《う》かべて涙《なみだ》ぐんだ。それから居住《いず》まいを正し、少し厳《きび》しい口調でこう言いはじめた。

「ええか、紫乃《しの》。お母様《かあさま》はあんさんが小さいときからずっと、あの子はすばらしい子や、すばらしい子やいうのが口癖《くちぐせ》やった。

私《わたし》は志津《しづ》と何日も何日も観音さんに通ううちに、たとえあんさんの耳が聞こえんようになっても、琴《こと》が弾《ひ》けんようになっても、それでも志津《しづ》は紫乃《しの》のことをすばらしい子やと言うにちがいないと思うたんや。私《わたし》は初めて志津《しづ》にはかなわんと思うた。

母親の思いいうもんは偉《えら》いもんや。琴爪《ことづめ》を薬屋の行李《こうり》に入れはったんは、きっと観音さんや。

観音さんは志津《しづ》の命がけの母親の思い、聞いてくれはったんや。あんさんはあのお母様《かあさま》の子なんやで。そのあんさんがなんですかいな。自信がないなんて…。」

その夜、琴爪《ことづめ》の小袋《こぶくろ》を抱《だ》きしめ、床《とこ》の中で涙《なみだ》が枯《か》れつくすまで紫乃《しの》は泣きつづけた。

父親にあのように言われたとはいえ、紫乃《しの》は生前の母とのあれこれを思い出すにつけ、自分を責《せ》めずにはおれなかった。ときには母の愛情《あいじょう》を疎《うと》ましくさえ思い、面と向かって母を避《さ》ける態度《たいど》こそしなかったが、母に心から喜んでもらいたいと思ったことがあっただろうか？

宗太郎《そうたろう》のことにしても、自分が自分の心に蓋《ふた》をして、言い争いをするのがいやさに、自分さえ我慢《がまん》すればと母だけを悪者にしていなかっただろうか？

母が最後の最後にしてくれたことを思えば、自分さえ我慢《がまん》すればと見てくれだけ良い子になっていたことが、かえって自らの不幸を招《まね》き、母を追いつめることになっていたのではなかったのか？

母が死んだ今さえも、自信がないなどと、こんな体なのにと、自分を遺《のこ》していった母に甘《あま》えた気持ちを持っていたのでは…などなど、さまざまな思いが去来し、紫乃《しの》はとうとうまんじりともせずに婚礼《こんれい》の朝を迎《むか》えてしまった。

今日は母の魂《たましい》がこの家を去り、仏《ほとけ》の世界へ行く日、そして紫乃《しの》の婚礼《こんれい》の日。紫乃《しの》の部屋《へや》では花嫁《はなよめ》の装《よそお》いも整い、白無垢《しろむく》の姿《すがた》を眺《なが》めながらお勢《せい》が、

「紫乃《しの》様、きっとごりょんはんもこのお姿《すがた》をどこかで見て喜んでいはり

ますやろ。今、大だんな様をお呼《よ》びしてまいりますよって…。」

「お勢《せい》、お父様《とうさま》を呼《よ》ぶのはもう少し待っておくれ。お母様《かあさま》の手鏡、私《わたし》の前に置いてくれへんか。しばらく一人《ひとり》にしてほしいのや。」

「へえ。これでよろしおますか？　ほれ、ここに鏡を開いて置きましたよって…。」

そう言ってお勢《せい》は部屋《へや》を出ていった。

シーンとした部屋《へや》でたった一人《ひとり》、見えぬ目を鏡に向けて、花嫁支度《はなよめじたく》のあいだも握《にぎ》りつづけていた琴爪《ことづめ》の袋《ふくろ》を強く握《にぎ》りしめた。

この世に生まれて一番の幸せの日を迎《むか》えたというのに、心は晴れなかった。

風通しのために少しだけ開けられた丸窓《まるまど》から、早春の冷たい風がそよりと入ってきた。その冷たい風をほほに感じながら、紫乃《しの》は静かに風の声に耳を傾《かたむ》けた。

『シアワセニオナリ、ハレヤカナココロデ、シアワセニオナリ…。
オカアサマハ、オマエノシアワセダケヲネガッテイタノダヨ！
イノチハカガヤキ、イノチハヨロコビ
カナシミモ、クルシミモ、イノチノカガヤキノナカ
ホトバシルイノチノナガレノナカ
シアワセモ、クルシミモ、カナシミモ、イノチノカガヤキノナカ
シアワセニオナリ、シアワセニオナリ……。』

風の声は紫乃《しの》の魂《たましい》の奥底《おくそこ》まで染《し》み透《とお》っていった。

そして…姿《すがた》の見えぬもう一人《ひとり》の心にも…。

『そうか、このわしもその輝《かがや》きとやらの中にいるというのか…。』

それはかつて、紫乃《しの》が生まれて間もないころ、京から帰ったときからこの家に入り込《こ》んでいた疫病神《やくびょうがみ》だった。

風の声をかみしめ、紫乃《しの》のほほを熱い涙《なみだ》が一筋《ひとすじ》流れた。

「お母様《かあさま》、許《ゆる》しとくれやす。こんな幸せを命に替《か》えてくれはりましたのに…。

私《わたし》は…、私《わたし》は、また自分を不幸にしてお母様《かあさま》を悲しませてしまうところでおました。ありがとう、お母様《かあさま》。お母様《かあさま》の命はなくなったのではありまへんのやね。

お母様《かあさま》は私《わたし》のために、観音様に届《とど》くほど命を燃《も》やしつくして、命の輝《かがや》きを見せてくれはりましたんやね。

もう後悔《こうかい》も、自分を責《せ》めることも紫乃《しの》はせえしまへん。お母様《かあさま》はこんなにすばらしい心を私《わたし》に残してくださったんやもの。何を恐《おそ》れることがありますやろか?

これから先《さき》、何があっても宗太郎《そうたろう》やお父様《とうさま》、いつか生まれてくるかもしれない子どもたちといっしょに、しっかり生きていきます。ありがとう、お母様《かあさま》。」

その紫乃《しの》の姿《すがた》に疫病神《やくびょうがみ》は、

『これで、わしの役割《やくわり》も終わったというわけだ。』

と言うと、スウッと屋根までつき抜《ぬ》けて空の雲になってしまった。

紫乃《しの》は体の芯《しん》からフワッと何かが抜《ぬ》けたような気がした。そのときだった。涙《なみだ》でにじんだ見えないはずの紫乃《しの》の目に、母の形見の手鏡がぼんやりと見えはじめ、その手鏡の中でなんと母《はは》が微笑《ほほえ》みかけているではないか！

「お！　お母様《かあさま》！」

我《われ》を忘《わす》れて手鏡を手に取ろうとして…、あろうことか、紫乃《しの》はすっくと立ち上がったのだ。母の顔を見たさに手鏡を手に取って、そこに見たものは…。

あばたも消えた、あでやかな花嫁《はなよめ》姿《すがた》の紫乃《しの》だった。

おしまい

『颪と琴《こと》』について

日常《にちじょう》の人間関係の中で、一番身近なものに家族というものがあります。その中でも、最も深くあまりに身近なために、かえっていろいろな葛藤《かっとう》や問題を秘《ひ》めているのが、母子の関係だと思っています。

この『颪と琴《こと》』は、その母子の愛、特に業《ごう》とも言える母親の愛情《あいじょう》のもとに繰《く》り広げられる悲哀《ひあい》を軸《じく》に、それによるそれぞれの心の成長を、目に見える愛情《あいじょう》や心の動きよりもっと深いところから表現《ひょうげん》してみようとした作品です。

その深いものとは、内側から聞こえてくる命の源《みなもと》からの声で、日常《にちじょう》心を静めて風や水の音を聞いたり無心に雲を眺《なが》めたりしている時に、ふと聞こえてくる自然からの声とでも言うべきものです。そしてその声は命の源《みなもと》ですべての命とつながっているものと、私《わたし》は考えています。それを「風」と言う形をとって表現《ひょうげん》してみました。

生きていく上で出会う様々な悲しみや苦しみは、そのほとんどが自分を成長させてくれる砥石《といし》のようなものだと気づかせてくれるのが、その声だと私《わたし》は思います。

高草洋子

作者紹介

高草洋子　たかくさ ようこ

富山県生まれの東京育ち。兵庫県宝塚市で二児を育て現在に至る。主業は主婦、副業は夫の事業の手伝い。日本画を上野泰郎氏に、水墨画を佐藤紫雲氏に師事する。見えない世界を絵や文章にすることが大好き。今の夢は畑や自然の中で木や草花、虫、自然のすべてと語り合えるような生活をすること。作品に『びんぼう神様さま』（地湧社）。

風《かぜ》と琴《こと》

二〇一〇年二月一〇日　初版発行

画・文 ―――― 高草洋子

発行者 ―――― 増田正雄

発行所 ―――― 株式会社 地湧《ぢゆう》社

東京都千代田区神田北乗物町十六（〒一〇一―〇〇三六）

電話番号　〇三―三二五八―一二五一

郵便振替　〇〇一二〇―五―三六三四一

装幀 ―――― 岡本健＋阿部太一［岡本健＋］

印刷 ―――― モリモト印刷

製本 ―――― 小高製本

ISBN978－4－88503－205－9 C0095

びんぼう神様さま

高草洋子著

松吉の家にびんぼう神が住みつき、家はみるみる貧しくなっていく。ところが松吉は嘆くどころか神棚を作りびんぼう神を拝み始めた――。現代に欠けている大切な問いとその答えが詰まった物語。

四六変型上製

たったひとつの命だから

ワンライフプロジェクト編

福岡県久留米市のミニFMに寄せられたメッセージを中心に集めた文集。一人が発した言葉が他の人の心を揺さぶり、次のメッセージを呼ぶ。深く魂が響き合う様子が生き生きと伝わってくる。

四六変型上製

ピエドラ川のほとりで私は泣いた

パウロ・コエーリョ著／山川紘矢・亜希子訳

ピラールは二九歳。十二年振りに再会した幼なじみの男性に愛を告白され、彼女は初めて愛について学び始める。スペイン北部を舞台に、真の女性性と愛の本質を問う、珠玉のラブ・ストーリー。

四六判上製

半ケツとゴミ拾い

荒川祐二著

夢も希望も自信もない20歳の著者が「自分を変えたい」という思いで、毎朝6時から新宿駅東口の掃除を始めた。嫌がらせにあい、やめたいと思ったときホームレスと出会い、人生が変わりだす。

四六判並製

いのちの輝き感じるかい

「牛が拓く牧場」から

斎藤晶著

北海道旭川の山で、牛と草のいのちの力に任せて美しい牧場を作ってきた老人が語る、素朴でこころに響く言葉を、牧場のカラー写真とともに贈る。安らぎと自分らしく生きる勇気を与えてくれる本。

A5変型上製

シュタイナー幼稚園の遊びと手仕事
生きる力を育む7歳までの教育

フライヤ・ヤフケ著／井手芳弘訳

ドイツのシュタイナー幼稚園での30年にわたる保育経験から生まれた本書は、知識だけでなく感覚を育てることの重要性を訴え、子どもの健やかな発達に不可欠な要素を、わかりやすく解説する。

A5変型上製

みんな、神様をつれてやってきた
宮嶋望著

北海道新得町を舞台に、様々な障がいを抱えた人たちとともに牧場でチーズづくりをする著者が、人と人のあり方、人と自然のあり方を語る。格差社会を超えた自由で豊かな社会の未来図を描く。

四六判上製

ゲルソン療法
がんと慢性病のための食事療法

シャルロッテ・ゲルソン他著／氏家京子訳

徹底した「解毒」と、オーガニック野菜や自然由来のサプリメントなどによる「栄養補給」で、肝臓を修復し、免疫力を高めるゲルソン療法の原理と効用、そして具体的方法を詳細に解説する。

A5判並製

老子（全）
自在に生きる81章

王明校訂・訳

老子の『道徳経』をいくつかの原典にあたりながら独自に校訂し、日本語に現代語訳。中国語、日本語ともに母国語の著者が、その真髄を誰でもわかるように書き下ろした、不朽の名訳決定版。

四六判上製

宇宙とつながる気功レッスン
メグミ・M・マイルズ著

長年中国で気功を学んできた著者が、師のもとを離れてカナダに渡った。そこで風変わりな弟子「ちゃーちん」に出会い、気功を教え始める。楽しく読み進めるうちにすっとわかる「気」の入門書。

四六判並製